# 騎士団長殺し

第1部

顕れるイデア編（下）

村上春樹著

新潮社版

*11077*

# 騎士団長殺し

## 第1部　顕れるイデア編（下）

目次

# 上巻目次

# 騎《き》士《し》団《だん》長《ちょう》殺《ごろ》し

## 第1部 顕《あらわ》れるイデア編（下）

# 16 比較的良い一日

その夜、私はなかなか寝付けなかった。スタジオの棚に置いた鈴が夜中に鳴り出すのではないかと不安だったからだ。もし鈴が鳴り出したら、いったいどうすればいいのだろう？ 頭から布団《ふとん》をかぶって、そのまま朝まで何も聞こえないふりをすればいいのか？ それとも懐中電灯を手に、スタジオまで様子を見に行くべきなのか？ 私はいったいそこで何を見出《みいだ》すことになるのだろう？

どうするべきか心を決めかねたまま、私はベッドの中で本を読んでいた。しかし時刻が二時を過ぎても鈴は鳴り出さなかった。耳に届くのは夜の虫の声だけだった。本を読みながら五分ごとに枕元《まくらもと》の時計に目をやった。デジタル時計の数字が2：30になって、私はそこでようやく安堵《あんど》の息をついた。今夜はもう鈴は鳴らないだろう。私は本を閉じ、枕元の灯りを消して眠った。

翌朝七時前に目が覚めたとき、最初にとった行動はスタジオに鈴を見に行くことだった。鈴は昨日私がそこに置いたまま、棚の上にあった。太陽の光が山を明るく照らし、カラスたちがいつもの賑《にぎ》やかな朝の活動にかかっていた。朝の光の中で見ると、その鈴は決して禍々《まがまが》しいものには見えなかった。過去の時代からやってきた、よく使い込まれたただの素朴な仏具に過ぎなかった。

台所に戻り、コーヒーメーカーでコーヒーをつくって飲んだ。固くなりかけたスコーンを温めて食べた。それからテラスに出て朝の空気を吸い、手すりにもたれて、谷の向かい側の免色《めんしき》の家を眺めた。日差しを除《よ》けるために色づけされた大きな窓ガラスが朝日を受けて眩《まぶ》しく光っていた。たぶん週に一度のクリーニング・サービスにはすべてのガラスの清掃も含まれているのだろう。そのガラスは常に美しく、眩しく保たれていた。しばらく眺めていたが、テラスに免色の姿は現れなかった。我々が「谷間越しに手を振り合う」という状況はまだ生まれていない。

十時半に車に乗ってスーパーマーケットに食品の買い物に行った。戻ってきて食品を整理し、簡単な昼食をつくって食べた。豆腐とトマトのサラダと握り飯がひとつ。食後に濃い緑茶を飲んだ。そしてソファに横になってシューベルトの弦楽四重奏曲を聴いた。美しい曲だった。レコード・ジャケットに書かれている説明を読むと、この曲が初演されたとき、「新しすぎる」ということで聴衆のあいだには少なからず反撥《はんぱつ》があったということだった。どこが「新しすぎる」のか私にはよくわからなかったが、たぶんどこかしら当時の古風な人々の気に障《さわ》るところがあったのだろう。

レコードの片面が終了したところで急に眠くなり、毛布を身体《からだ》の上に掛け、ソファの上でしばらく眠った。短いけれど深い眠りだった。眠ったのはおそらく二十分くらいのものだろう。いくつか夢を見たような気がする。しかし目覚めたときに、どんな夢だったか忘れてしまった。そういう種類の夢がある。繋《つな》がりのないいくつかの断片が交錯するように現れる夢だ。断片のひとつひとつにはそれなりの質量があるのだが、それらは絡《から》み合うことでお互いを打ち消しあってしまう。

私は台所に行って、冷蔵庫で冷やしたミネラル・ウォーターをボトルからそのまま飲み、身体の隅の方に雲の切れ端のように居残っている眠りの残滓《ざんし》を追い払った。そして自分は今、一人きりで山の中にいるのだという事実をあらためて確認した。私はここで一人で暮らしている。何かしらの運命が、私をこのような特別な場所に運び込んできたのだ。それからまた鈴のことを思い出した。雑木林の奥のあの不思議な石室の中で、いったい誰がその鈴を振っていたのだろう。そしてその誰かは今、いったいどこにいるのだろう？

絵を描くための服に着替え、スタジオに入って、免色の肖像画の前に立ったときには、時刻は午後二時を過ぎていた。私はだいたいいつも午前中に仕事をすることにしている。午前八時から十二時というのが、私が画作にいちばん集中できる時間だった。結婚していたときにはそれは、妻を仕事に送り出して一人になったあとの時間を意味していた。私はそこにある「家庭内の静けさ」のようなものが好きだった。山の上に越してきてからは、豊かな自然が惜しみなく提供してくれる、朝の鮮やかな光と混じりけのない空気を好むようになった。そのように毎日同じ時間帯に同じ場所で仕事をすることは、私にとって昔から大事な意味を持っていた。反復がリズムを生み出してくれる。しかしその日は、前夜にうまく眠れなかったせいもあって、午前中をとりとめもなく過ごしてしまった。だから午後になってスタジオに入ることになった。

私は作業用の丸いスツールに腰掛けて両腕を組み、二メートルほど離れたところから、描きかけの絵を眺めた。私はまず免色の顔の輪郭だけを細い絵筆で描き、そのあと彼がモデルとして私の前にいた十五分ほどのあいだに、そこにやはり黒色の絵の具を使って肉付けをおこなっていた。まだただの粗っぽい「骨格」に過ぎなかったが、そこにはうまくひとつの流れが生まれていた。免色渉《わたる》という存在を源とする流れだ。それが私のいちばん必要としているものだった。

白と黒だけの「骨格」を集中して睨《にら》んでいるうちに、そこに加えるべき色のイメージが頭に浮かんできた。アイデアは唐突に、しかし自然にやってきた。雨に鈍く染まった緑の木の葉に似た色だ。私はいくつかの絵の具を組み合わせて、その色をパレットの上に作り出した。何度かの試行錯誤の末に、色がイメージ通りに出来上がると、何も考えずに描きかけの線画の上にそれを加えていった。絵がどのように進展していくのか、自分でも予想がつかなかったけれど、その色が作品にとっての大事な地色になるであろうことはわかっていた。絵は、いわゆる肖像画という形式からはどんどん遠ざかっていくようだった。しかし肖像画にならなくても仕方あるまい、私は自分にそう言い聞かせた。もしそこにひとつの流れがあるのなら、流れと共に進んでいくしかない。今はとにかく自分の描きたいものを描きたいように描いてみよう（免色もそうすることを求めている）。あとのことはまたあとで考えればいい。

私はプランもなく目的もなく、自分の中に自然に浮かび上がってくるアイデアをただそのまま追いかけていった。まるで野原を飛んでいく珍しい蝶々《ちょうちょう》を、足下も見ずに追いかける子供のように。ひととおりその色を塗りおえると、私はパレットと筆を置いて、また二メートルほど離れたところにあるスツールに腰掛け、その絵を正面から眺めた。これが正しい色だ、と私は思った。雨に濡《ぬ》れた雑木林のもたらす緑色。自分自身に向かって、何度か小さく肯《うなず》きさえした。それは絵に関して、私がずいぶん久しぶりに感じることのできた確信（のようなもの）だった。そう、これでいい。この色が私のほしかった色だ。あるいはその「骨格」自体が求めていた色だ。それから私はその色を基にして、いくつかの周辺的な変化色をこしらえ、それらを適度に加えて全体に変化をつけ、厚みを作っていった。

そうしてできあがった画面を眺めているうちに、次の色が自然に頭に浮かんできた。オレンジ。ただのオレンジではない。燃えたつようなオレンジ、強い生命力を感じさせる色だが、同時にそこには退廃の予感が含まれている。それは果実を緩慢に死に至らせる退廃かもしれない。その色作りは、緑のときより更にむずかしかった。それはただの色ではないからだ。それはひとつの情念に根本で繋がっていなくてはならない。それは運命に絡め取られた、しかしそれなりに揺らぎのない情念だ。そんな色を作り出すのは簡単なことではない、もちろん。しかし最終的には私はそれを作りあげた。私は新しい絵筆を手に取り、キャンバスの上にそれを走らせた。部分的にはナイフも使った。考えないことが何より大事だった。私は思考の回路をできるだけ遮断し、その色を構図の中に思い切りよく加えていった。その絵を描いている間、現実のあれこれは私の頭の中からほぼ完全に消え去っていた。鈴の音のことも、開かれた石室のことも、別れた妻のことも、彼女が他の男と寝ていることも、新しい人妻のガールフレンドのことも、絵画教室のことも、将来のことも、何ひとつ考えなかった。免色のことすら考えなかった。私が今描いているのは言うまでもなく、そもそも免色の肖像画として始められたものだったが、私の頭にはもう免色の顔さえ思い浮かばなかった。免色はただの出発点に過ぎなかった。そこで私がおこなっているのは、ただ自分のための絵を描くことだった。

どれくらいの時間が経過したのか、よく覚えていない。ふと気がついたときには室内はずいぶん薄暗くなっていた。秋の太陽は既に西の山の端《は》に姿を消していたが、それでも私は灯りをつけるのも忘れて仕事に没頭していたのだ。キャンバスに目をやると、そこには既に五種類の色が加えられていた。色の上に色が重ねられ、その上にまた色が重ねられていた。ある部分では色と色が微妙に混じり合い、ある部分では色が色を圧倒し、凌駕《りょうが》していた。

私は天井の灯りをつけ、再びスツールに腰を下ろし、絵を正面からあらためて眺めた。その絵がまだ完成に至っていないことが私にはわかった。そこには荒々しいほとばしりのようなものがあり、そのある種の暴力性が何より私の心を刺激した。それは私が長いあいだ見失っていた荒々しさだった。しかしそれだけではまだ足りない。その荒々しいものの群れを統御し鎮《しず》め導く、何かしらの中心的要素がそこには必要とされていた。情念を統合するイデアのようなものが。しかしそれをみつけるためには、あとしばらく時間を置かなくてはならない。ほとばしる色をひとまず寝かさなくてはならない。それはまた明日以降の、新しい明るい光の下での仕事になるだろう。しかるべき時間の経過がおそらく私に、それが何であるかを教えてくれるはずだ。それを待たなくてはならない。電話のベルが鳴るのを辛抱強く待つように。そして辛抱強く待つためには、私は時間というものを信用しなくてはならない。時間が私の側についていてくれることを信じなくてはならない。

私はスツールに腰掛けたまま目を閉じ、深く胸に息を吸い込んだ。秋の夕暮れの中で、自分の何かが変わりつつあるという確かな気配があった。身体の組織がいったんばらばらにほどかれて、それがまた新しく組み立て直されていくときの感触だ。しかしどうしてそんなことが今ここで、私の身に起こったのだろう？　免色という謎《なぞ》の人物とたまたまめぐり逢《あ》い、彼に肖像画の制作を依頼されたことが、結果的に私の中にこのような変化を生み出したのだろうか？　あるいは夜中の鈴の音に導かれるように、石の塚をどかせてあの不思議な石室を開いたことが、私の精神にとって何かの刺激になったのだろうか？　あるいはそんなこととは無関係に、私はただ変化の時期を迎えていたということなのだろうか？　どの説をとるにせよ、そこには論拠と言えるようなものはなかった。

「これはただの始まりに過ぎないのではないか、という気がします」と免色は別れ際《ぎわ》に私に言った。とすれば、私は彼の言う何かの始まりに足を踏み入れたということなのだろうか？　しかし何はともあれ私は、絵を描くという行為に久しぶりに激しく心を昂《たか》ぶらされたし、文字どおり時が経《た》つのを忘れて絵の制作に没頭することができた。私は使用した画材を片づけながら、心地良い発熱のようなものを皮膚に感じ続けていた。

画材を片づけているときに、棚の上に置かれた鈴が目についた。私はそれを手に取り、二、三度試しに鳴らしてみた。あの例の音がスタジオの中に鮮やかに響いた。夜中に私を不穏な気持ちにさせた音だ。しかし今ではなぜかそれは私を怯《おび》えさせなかった。こんな古びた鈴がどうしてこれほど鮮やかな音を出せるのか、意外の念に打たれただけだった。私は鈴を元あった場所に戻し、スタジオの灯りを消しドアを閉めた。そして台所に行って白ワインをグラスに注ぎ、それを飲みながら夕食の支度をした。

夜の九時前に免色から電話がかかってきた。

「昨夜はいかがでした？」と彼は尋ねた。「鈴の音は聞こえましたか？」

二時半まで起きていたが、鈴の音はまったく聞こえなかった。とても静かな夜だったと私は答えた。

「それはよかった。あれ以来、あなたのまわりで不思議なことは何も起こらなかったのですね？」

「とくに不思議なことは何も起こっていないようです」と私は言った。

「それはなによりです。このまま何ごとも起こらないと良いのですが」と免色は言った。そして一息置いて付け加えた。「ところで、明日の午前中にそちらにうかがってもかまいませんか？　できれば、もう一度あの石室をじっくりと見てみたいのです。とても興味深い場所だし」

かまわない、と私は言った。明日の午前中には何の予定も入っていない。

「それでは十一時頃にうかがいます」

「お待ちしています」と私は言った。

「ところで、今日はあなたにとって良い一日でしたか?」、免色はそう尋ねた。

今日は私にとって良い一日だったか? まるで外国語の構文をコンピュータ・ソフトで機械的に翻訳したような響きがそこにはあった。

「比較的良い一日だったと思います」と私は少し戸惑いながら答えた。「少なくとも悪いことは何も起こらなかった。お天気も良かったし、なかなか気持ちの良い一日でした。免色さんはいかがでした? あなたにとっては今日は良い一日でしたか?」

「良いことと、あまり良いとは言えないことがひとつずつ起こった一日でした」と免色は言った。「その良いことと悪いことと、どちらの方がより重みを持っているか、まだ秤《はかり》が決めかねて左右に揺れているような状態です」

それについてどう言えばいいのかわからなかったので、私はただ黙っていた。

免色は続けた。「残念ながら私はあなたのような芸術家ではありません。私はビジネスの世界に生きているものです。とりわけ情報ビジネスの世界に。そこではほとんどの場合、数値化できるものごとだけが、情報としてやりとりされる価値を持っています。ですから良いことも悪いことも、つい数値化する癖がついてしまっています。良いことの方の重みが少しでもまされば、たとえ一方で悪いことが起こっていても、それは結果的に良い一日になります。というか、数値的にはそうなるはずです」

　彼が何を言おうとしているのか、私にはまだわからなかった。だからそのまま口を閉ざしていた。

「昨日のことですが」と免色は続けた。「ああして地下の石室を開いたことで、私たちは何かを失い、何かを得たはずです。いったい何を失い、何を得ることができたのでしょう。そのことが私には気にかかってならないのです」

　彼は私の返事を待っているようだった。

「数値化できるようなものは何も得ていないと思います」と私は少し考えてから言った。「もちろん今のところは、ということですが。ただひとつ、あの古い鈴のような仏具は手に入りました。でもそんなものは実質的には、たぶん何の値打ちも持たないでしょう。由緒《ゆいしょ》ある品でもないし、珍しい骨董品《こっとうひん》でもありませんから。その一方で、失ったものはわりにはっきり数値化できるはずです。そのうちに造園業者からあなたのところに請求書が届くでしょうから」

　免色は軽く笑った。「大した金額じゃありません。そんなことは気にしないでください。私の気にかかるのは、私たちがそこから受け取るはずのものをまだ受け取っていないのではないか、ということなのです」

「受け取るはずのもの？　それはいったいどのようなものですか？」

免色は咳払《せきばら》いをした。「さっきも申し上げたとおり、私は芸術家ではありません。それなりの直観のようなものは具《そな》えていますが、残念ながらそれを具象化する手だてを持ち合わせていない。その直観がどのように鋭いものであれ、それを芸術という普遍的な形態に移し替えることができないのです。私にはそのような能力が欠けていま す」

私は黙って彼の話の続きを待っていた。

「だからこそ私は芸術的、普遍的具象化の代用として、数値化というプロセスをこれまで一貫して追究してきました。何によらず、人がまっとうに生きていくためには、依《よ》って立つべき中心軸が必要とされますから。そうですね？　私の場合は直観を、あるいは直観に似たものを、独自のシステムに従って数値化することによって、それなりの世俗的な成功を収めてきました。そしてその私の直観に従えば――」と彼は言って、しばらく沈黙した。しっかりした密度を持つ沈黙だった。「――そしてその私の直観に従えば、私たちはあの掘り起こした地下の石室から、何かしらを手にすることができるはずなのです」

「たとえばどんなものを？」

彼は首を振った。というか、電話口で首を振るような気配が微《かす》かにあった。「それはまだわかりません。しかし私たちはそれを知らなくてはならない、というのが私の意見です。お互いの直観を持ち寄り、それぞれの具象化あるいは数値化というプロセスを通過させることによって」

私は彼の言いたいことがまだうまく理解できなかった。この男はいったい何の話をしているのだろう？

「それでは明日の十一時にお目にかかりましょう」と免色は言った。そして静かに電話を切った。

免色が電話を切ったすぐあとに、人妻のガールフレンドから電話がかかってきた。私は少し驚いた。夜のこんな時刻に彼女から連絡があるのは珍しいことだったからだ。

「明日のお昼頃に会えないかな？」と彼女は言った。

「悪いけど、明日は約束があるんだ。ついさっき予定を入れてしまった」

「他の女の人じゃないわよね？」

「違う。例の免色さんだよ。ぼくは彼の肖像画を描いている」

「あなたは彼の肖像画を描いている」と彼女は繰り返した。「じゃあ、明後日は？」

「明後日はきれいそっくり空いている」

「よかった。午後の早くでかまわない？」

「もちろんかまわないけど、でも土曜日だよ」

「それはなんとかなると思う」

「何かあったの？」と私は尋ねた。

彼女は言った。「どうしてそんなことを訊《き》くの？」

「君がこんな時刻にうちに電話をしてくるのは、あまりないことだから」

彼女は喉《のど》の奥の方で小さな声を出した。呼吸の微調整をしているみたいに。「今はひとりで車の中にいるの。携帯でかけている」

「車の中でひとりで何をしているの？」

「車の中でひとりになりたかったから、ただ車の中でひとりになっているだけよ。主婦にはね、そういう時期がたまにあるの。いけない？」

「いけなくはない。まったく」

彼女はため息をついた。あちこちのため息をひとつにまとめ、圧縮したようなため息だった。そして言った。「あなたが今ここにいるといいと思う。そして後ろから入れてくれるといいなと思う。前戯とかそういうのはとくにいらない。しっかり湿ってるからぜんぜん大丈夫よ。そして思い切り大胆にかき回してほしい」

「楽しそうだ。でもそうやって思い切り大胆にかき回すには、ミニの車内は少し狭すぎるかもしれない」

「贅沢《ぜいたく》はいえない」と彼女は言った。

「工夫してみよう」

「そして左手で乳房をもみながら、右手でクリトリスを触っていてほしい」

「右足は何をすればいいのかな？　カーステレオの調整くらいはできそうだけど。音楽はトニー・ベネットでかまわないかな？」

「冗談で言ってるんじゃないのよ。私はしっかり真剣なんだから」

「わかった。悪かった。真剣にやろう」と私は言った。「ところで今、君はどんな服を着ている？」

「私が今、どんな服を着ているか知りたいわけ？」と誘いかけるように彼女は言った。

「知りたいな。それによってこちらの手順も変わってくるから」

彼女は着ている服についてとても克明に電話で説明してくれた。成熟した女性たちがどれくらい変化に富んだ衣服を身につけているか、そのことは常に私を驚かせる。彼女は口頭でそれを一枚一枚、順番に脱いでいった。

「どう、十分硬くなったかしら?」と彼女は尋ねた。

「金槌《かなづち》みたいに」と私は言った。

「釘《くぎ》だって打てる?」

「もちろん」

世の中には釘を打つべき金槌があり、金槌に打たれるべき釘がある、と言ったのは誰だったろう? ニーチェだったか、ショーペンハウエルだったか。あるいはそんなこと誰も言っていないかもしれない。

私たちは電話回線を通して、リアルに真剣に身体を絡め合った。彼女を相手に——あるいは他の誰とも——そんなことをするのは初めてだった。しかし彼女の言葉による描写はずいぶん細密で刺激的だったし、想像の世界で行われる性行為はある部分、実際の肉体による行為以上に官能的だった。言葉はあるときにはきわめて直接的になり、あるときにはエロティックに示唆《しさ》的になった。そんな言葉のやりとりをひとしきり続けた末に、私は思いもよらず射精に至った。彼女もオーガズムを迎えたようだった。

私たちはしばらくそのまま、何も言わずに電話口で息を整えていた。

「じゃあ、土曜日の午後に」と彼女はやがて気を取り直したように言った。「例のメンシキさんについても、少しばかり話したいことがあるの」

「何か新しい情報が入ったのかな？」

「例のジャングル通信をとおして、いくつかの新しい情報が。でも直接会って話すことにする。たぶんいやらしいことをしながら」

「これから家に帰るの？」

「もちろん」と彼女は言った。「そろそろ家に戻らなくちゃならない」

「運転に気をつけて」

「そうね。気をつけなくちゃ。まだあそこがひくひくしているから」

私はシャワーに入って、射精したばかりのペニスを石鹸《せっけん》で洗った。そしてパジャマに着替え、その上にカーディガンを羽織り、安物の白ワインのグラスを手に持ってテラスに出て、免色の家のある方を眺めた。谷間の向こうの、彼の真っ白な大きな家の明かりはまだついていた。家中の明かりがしっかりついているみたいだった。彼がそこで（おそらくは）一人で何をしているのか、私にはもちろんわからない。コンピュータの画面に向かって、直観の数値化を探求し続けているのかもしれない。

「比較的良い一日だった」、私は自分に向かってそう言った。

そしてそれは奇妙な一日でもあった。そして明日がどんな一日になるのか、私には見当もつかなかった。それからふと屋根裏のみみずくのことを思い出した。みみずくにとっても今日は良い一日だったろうか？　それから私は、みみずくの一日はちょうど今頃から始まるのだということに気づいた。彼らは昼間は暗いところで眠っている。そして暗くなると森に獲物《えもの》をとりに出かける。みみずくにはたぶん朝の早い時刻に尋ねなくてはならないのだ。「今日は良い一日だったかい？」と。

私はベッドに入ってしばらく本を読み、十時半には明かりを消して眠りに就いた。朝の六時前までそのまま一度も目が覚めなかったところを見ると、たぶん真夜中に鈴は鳴らされなかったのだろう。

# 17 どうしてそんな大事なことを見逃していたのか

私が家を出ていくとき、妻が最後に口にした言葉を忘れることができなかった。彼女はこう言った。「もしこのまま別れても、友だちのままでいてくれる？　もし可能であれば」と。私にはそのとき（そしてその後も長いあいだ）、彼女が何を言おうとしていたのか、何を求めていたのか、うまく理解できなかった。何の味もしない食物を口にしたときのように、途方に暮れてしまっただけだった。だからそう言われたとき、「さあ、どうだろう」としか答えられなかった。そしてそれが私が彼女に面と向かって口にした最後の言葉になった。最後の言葉としてはずいぶん情けないひとことだ。

別れたあとも、私と彼女とは今でもなお一本の生きた管で繋がっている――私はそのように感じていた。その管は目には見えないけれど、今でも小さく脈打っていたし、温かい血液らしきものが二人の魂のあいだを僅《わず》かに行き来していた。そういう生体的感覚が、少なくとも私の側にはまだ残っていた。でもその管もいつかそう遠くない日に断ち切られてしまうことだろう。そしてもしいずれ切断されなくてはならないのなら、私としては二人のあいだを結ぶそのささやかなライフラインを、なるべく早く生命を欠いたものに変えてしまう必要があった。その管から生命が失われ、ミイラのように干《ひ》からびたものになってしまえば、鋭い刃物で切断される痛みもそれだけ耐えやすいものになるからだ。そしてそのためにはユズのことをできるだけ早く、できるだけ多く忘れてしまう必要があった。だからこそ私は彼女に連絡をとらないように努めていた。旅行から帰ってきて、荷物を引き取りにいくときに一度だけ電話をかけた。私はあとに残してきた画材一式を必要としていたから。それが今のところ、別れたあとにユズと交わした唯一《ゆいいつ》の会話であり、その会話はとても短いものだった。

我々が夫婦関係を正式に解消し、それからあとも友だちの関係でいられるとは、私にはとても考えられなかった。我々は結婚していた六年の歳月を通して、ずいぶん多くのものごとを共有してきた。多くの時間、多くの感情、多くの言葉と多くの沈黙、多くの迷いと多くの判断、多くの約束と多くの諦《あきら》め、多くの悦楽と多くの退屈。もちろんお互いに口には出さず、自分の内部に秘密として抱えていることもいくつかあったはずだ。しかしそのような隠しごとがあるという感覚さえ、我々はなんとか工夫して共有してきたのだ。そこには時間だけが培《つちか》うことのできる「場の重み」が存在した。我々はそのような重力にうまく身体を適合させ、微妙なバランスを取りながら生きてきた。そこにはまた我々独自の「ローカル・ルール」のようなものがいくつも存在した。それらを全部なしにして、そこにあった重力のバランスやローカル・ルールを抜きにして、ただ単純に「良き友だち」なんかになれるわけはない。

そのことは私にもよくわかっていた。というか、長い旅行のあいだ一人でずっと考え抜いた末に、そういう結論に私は達していた。どれだけ考えても、出てくる結論はいつも同じだった。ユズとはできるだけ距離を置き、接触を断っていた方がいい。それが筋の通ったまともな考え方だった。そして私はそれを実行した。

またその一方で、ユズの方からも連絡はまったくこなかった。一本の電話もかかってこなかったし、一通の手紙も届けられなかった。「友だちでいたい」と口にしたのは彼女の方であるにもかかわらずだ。そしてそのことは思いのほか、予想を遥《はる》かに超えて私を傷つけた。いや、正確に言えば、私を傷つけたのは実際には私自身だった。

私の感情はそのいつまでも続く沈黙の中で、刃物でできた重い振り子のように、ひとつの極端からもうひとつの極端へと大きな弧を描いて行き来した。その感情の弧は、私の肌にいくつもの生々しい傷跡を残していった。そして私がその痛みを忘れるための方法は、実質的にはひとつしかなかった。もちろん絵を描くことだ。

陽光が窓から静かにスタジオに差し込んでいた。緩やかな風が白いカーテンをときおり揺らせた。部屋には秋の朝の匂《にお》いがした。私は山の上に住むようになってから、季節の匂いの変化にとても敏感になっていた。都会の真ん中に住んでいるときには、そんな匂いがあることにほとんど気づきもしなかったのだけれど。

私はスツールに腰掛け、イーゼルに載せた描きかけの免色のポートレイトを、長いあいだ正面から睨んでいた。それがいつもの仕事の始め方だった。自分が昨日おこなった仕事を、今日の新たな目で評価し直すこと。手を動かすのはそのあとでいい。

悪くない、としばらくあとで私は思った。悪くない。私が創《つく》りだしたいくつかの色彩が免色の骨格をしっかりと包んでいた。黒い絵の具で立ち上げた彼の骨格は、今ではその色彩の裏側に隠されていた。しかしその骨格が奥に潜んでいることは、私の目にははっきり見えていた。これから私はもう一度その骨格を表面に浮かび上がらせていかなくてはならない。暗示をステートメントに変えていかなくてはならない。もちろんその絵は完成を約束してはいない。それはまだひとつの可能性の域に留まっている。そこにはまだ何かが不足している。そこに存在するべき何かが、不在の非正当性を訴えている。そこに不在するものが、存在と不在を隔てるガラス窓の向こう側を叩《たた》いている。私はその無言の叫びを聞き取ることができる。

集中して絵を見ているうちに喉が渇いてきたので、途中で台所に行って、大きなグラスでオレンジ・ジュースを飲んだ。そして肩の力を抜き、両腕を宙に思い切り伸ばした。大きく息を吸い込み、そして吐いた。それからスタジオに戻り、もう一度スツールに座って絵を眺めた。気持ちを新たにし、イーゼルの上の自分の絵に再び意識を集中した。しかし何かが前とは違っていることにすぐに私は気がついた。絵を見ている角度がさっきとは明らかに異なっているのだ。

私はスツールから降りて、その位置をあらためて点検してみた。そしてさっき私がこのスタジオを離れたときとは、位置が少しずれていることに気がついた。スツールは明らかに移動させられていた。どうしてだろう？　私はスツールから降りたとき、その椅子《いす》はまったく動かさなかったはずだ。そのことに間違いはない。椅子をずらさないように静かにそこから降り、戻ってきたときも椅子をずらすことなく、静かにそこに腰掛けた。なぜそんなことをいちいち細かく覚えているかというと、私は絵を見る位置と角度に関してはとても神経質だからだ。私が絵を見る位置と角度はいつも決まっているし、野球のバッターがバッターボックスの中の立ち位置に細かくこだわるのと同じで、それが少しでもずれると気になって仕方ない。

しかしスツールの位置は、さっきまで私が座っていたところから五十センチほどずれていたし、角度もそのぶん違っていた。私が台所でオレンジ・ジュースを飲んで、深呼吸をしている間に、誰かがスツールを動かしたとしか考えられない。私のいない間に誰かがこっそりスタジオに入ってきて、スツールに腰掛けて私の絵を眺め、そして私が戻ってくる前にスツールから降りて、足音を忍ばせて部屋を出ていったのだ。そのときに椅子を――故意にかあるいは結果的にか――動かした。しかし私がスタジオを離れていたのはせいぜい五分か六分のことだ。だいたいどこの誰が何のために、わざわざそんな面倒なことをしなくてはならないのだ？　それともスツールが自分の意思で勝手に移動をおこなったのだろうか？

たぶん私の記憶が混乱しているのだろう。自分でスツールを動かしておいて、それを忘れてしまったのだ。そう考えるよりほかはなかった。一人きりで過ごす時間が長すぎるのかもしれない。そのせいで記憶の順序に乱れが生じてきているのかもしれない。

私はスツールをその位置に――つまり最初にあったところから五十センチ離れ、いくらか角度を変えた位置に――留めておいた。そして試しにそこに腰掛け、そのポジションから免色のポートレイトを眺めてみた。するとそこにはさっきまでとは少し違う絵があった。もちろん同じひとつの絵なのだが、見え方が微妙に違う。光の当たり方が違うし、絵の具の質感も違って見える。その絵にはやはり生き生きしたものが含まれている。しかしまたそれと同時に何かしら不足したものがある。しかしその不足の方向性が、さっきまでとは少しばかり違って見える。

いったい何が違うのだろう？　私は絵を見ることに意識を集中した。その違いが私にきっと何かしらを訴えかけているはずなのだ。その違いの中に示唆されているはずのものを、私はうまく見出さなくてはならない。私はそう感じた。私は白いチョークを持ってきて、そのスツールの三本脚の位置を床にマークした（位置Ａ）。それからスツールを最初にあった位置（五十センチばかり横）に戻し、そこ（位置Ｂ）にもチョークでしるしをつけた。そしてその二つのポジションの間を行ったり来たりして、その二つの異なった角度から交互にひとつの絵を眺めた。

そのどちらの絵の中にも変わることなく免色がいたが、二つの角度では彼の見え方が不思議に違っていることに私は気がついた。まるで二つの異なった人格が彼の中に共存しているみたいにも見える。しかしどちらの免色にも、やはり共通して欠如しているものがあった。その欠如の共通性が、AとBの二つの免色を不在のままに統合していた。私はそこにある「不在する共通性」を見つけ出さなくてはならない。位置Aと位置Bと私自身とのあいだで三角測量をおこなうみたいに。その「不在する共通性」はいったいいかなるものなのだろう？　それ自体が形象を持つものなのだろうか、それとも形象を持たないものなのだろうか？　もし後者であるとすれば、私はどうやってそれを形象化すればいいのだろう？

かんたんなことじゃないかね、と誰かが言った。

私はその声をはっきりと耳にした。大きな声ではないが、よく通る声だった。曖昧《あいまい》なところがない。高くも低くもない。そしてそれはすぐ耳元で聞こえたようだった。

私は思わず息を呑《の》み、スツールに腰掛けたままゆっくりあたりを見回した。しかしもちろんどこにも人の姿は見えなかった。朝の鮮やかな光が、床に水たまりのように溢《あふ》れていた。窓は開け放たれて、遠くの方からゴミ収集車の流すメロディーが風に乗って微かに聞こえてきた。「アニー・ローリー」（なぜ小田原市のゴミ収集車がスコットランド民謡を流さなくてはならないのか、私には謎だった）。それ以外には何ひとつ音は聞こえない。

おそらく空耳なのだろうと私は思った。自分の声が聞こえたのかもしれない。それは私の心が意識下で発した声だったのかもしれない。しかし私が耳にしたのはいかにも奇妙なしゃべり方だった。かんたんなことじゃないかね、私はたとえ意識下であろうがそんな変なしゃべり方はしない。

私はひとつ大きく深呼吸をして、スツールの上から再び絵を見つめた。そして絵に意識を集中した。それは空耳であったに違いない。

わかりきったことじゃないかい、とまた誰かが言った。その声はやはり私のすぐ耳元で聞こえた。

わかりきったこと？　と私は自分に向かって問いただした。いったい何がわかりきったことなんだ？

メンシキさんにあって、ここにないものをみつければいいんじゃないのかい、と誰かが言った。相変わらずとてもはっきりとした声だった。まるで無響室で録音された声のように残響がない。一音一音が明瞭《めいりょう》に聞こえる。そして具象化された観念のように、自然な抑揚を欠いている。

私はもう一度あたりを見回した。今度はスツールから降りて、居間まで調べに行った。すべての部屋をいちおう点検してみた。でも家の中には誰もいなかった。もしいるとしても、屋根裏のみみずくらいのものだ。しかしもちろんみみずくは口をきかない。そして玄関のドアには鍵《かぎ》がかかっていた。

スタジオのスツールが勝手に移動したあとは、このわけのわからない奇妙な声だ。天の声なのか、私自身の声なのか、それとも匿名《とくめい》の第三者の声なのか。いずれにせよ、私の頭は変調をきたし始めているのかもしれない、そう思わないわけにはいかなかった。あの真夜中の鈴の音以来、私は自分の意識の正当性にそれほど自信が持てなくなっていた。しかし鈴の音に関して言えば、免色もそこに同席し、私と同じようにその音をはっきり耳にしていた。だからそれが私の幻聴ではないことは客観的に証明された。私の聴覚はちゃんと正常に機能していたのだ。だとしたらこの不思議な声はいったい何なのだろう？

私はもう一度スツールに腰掛け、もう一度絵を眺めてみた。

メンシキさんにあって、ここにないものをみつければいい。まるで謎かけのようだ。深い森の中で迷った子供に、賢い鳥が教えてくれる道筋のようだ。免色にあってここにはないもの、それはいったい何だろう？

長い時間がかかった。時計が静かに規則正しく時を刻み、東向きの小さな窓から射《さ》し込んだ床の日だまりが音もなく移動した。鮮やかな色をした身軽な小鳥たちがやってきて柳の枝にとまり、しなやかに何かを探し、そして鳴きながら飛び去っていった。円い石盤のようなかたちをした白い雲が、列をなしていくつも空を流れていった。銀色の飛行機が一機、光った海に向かって飛んでいった。対潜哨戒《たいせんしょうかい》をする自衛隊の四発プロペラ機だ。耳を澄ませ、目を凝らし、潜在を顕在化するのが彼らに与えられた日常の職務だ。私はそのエンジン音が近づいてきて去っていくのを聞いていた。

それから私はようやく、ひとつの事実に思い当たった。それは文字通り明白な事実だった。どうしてそんなことを忘れてしまっていたのだろう。免色にあって、私のこの免色のポートレイトにないもの。それはとてもはっきりしている。彼の白髪だ。降りたての雪のように純白の、あの見事な白髪だ。それを抜きにして免色を語ることはできない。どうしてそんな大事なことを私は見逃していたのだろう。

私はスツールから起《た》ち上がり、絵の具箱の中から急いで白い絵の具をかき集め、適当な絵筆を手にとって、何も考えずに分厚く、勢いよく、大胆に自由にそれを画面に塗り込んでいった。ナイフも使い、指先も使った。十五分ばかりその作業を続け、それからキャンバスの前を離れ、スツールに腰掛け、出来上がった絵を点検した。

そこには免色という人間があった。免色は間違いなくその絵の中にいた。彼の人格は——それがどのような内容のものであれ——私の絵の中でひとつに統合され、顕在化されていた。私はもちろん免色渉という人間のありようを、正確に理解できてはいない。というか、何ひとつ知らないも同然だ。しかし画家としての私は彼を、総合的なひとつの形象として、腑分《ふわ》けできないひとつのパッケージとして、キャンバスの上に再現することができる。彼はその絵の中で呼吸をしている。彼の抱える謎さえもが、そのままそこにあった。

しかしそれと同時に、その絵はどのような見地から見ても、いわゆる「肖像画」ではなかった。それは免色渉という存在を絵画的に、画面に浮かび上がらせることに成功している（と私は感じる）。しかし免色という人間の外見を描くことをその目的とはしていない（まったくしていない）。そこには大きな違いがある。それは基本的には、私が自分のために描いた絵だった。

依頼主である免色が、そのような絵を自身の「肖像画」として認めてくれるかどうか、私には予測がつかなかった。その絵は彼が当初期待したものからは、何光年も離れたものになってしまっているかもしれない。私の好きなように自由に描いてくれればいい、スタイルについて何も注文はつけない、と免色は最初に言った。しかしそこにはひょっとして、免色自身がその存在を認めたくない何かしらネガティブな要素が、たまたま描き込まれてしまっているかもしれない。しかし彼がその絵を気に入ったとしても気に入らなかったとしても、私にはもう手の打ちようがなくなっていた。その絵はどう考えても既に私の手から、また私の意思から遠く離れたものになっていたからだ。

私はそれからなおも半時間近く、スツールに座ってそのポートレイトをじっと見つめていた。それは私自身が描いたものでありながら、同時に私の論理や理解の範囲を超えたものになっていた。どうやって自分にそんなものが描けたのか、私にはもう思い出せなくなっていた。それは、じっと見ているうちに自分にひどく近いものになり、また自分からひどく遠いものになった。しかしそこに描かれているのは疑いの余地なく、正しい色と正しい形をもったものだった。

出口を見つけつつあるのかもしれない、と私は思った。私は目の前に立ちはだかっていた厚い壁をようやく抜けつつあるのかもしれない。とはいえ、ものごとはまだ始まったばかりだ。手がかりらしきものを手にしたばかりなのだ。私はここでよほど注意深くならなくてはならない。自分に向かってそう言い聞かせながら、使用した何本かの絵筆とペインティング・ナイフから、時間をかけて絵の具を洗い落とした。オイルと石鹸を使って丁寧に手も洗った。それから台所に行って水をグラスに何杯か飲んだ。ずいぶん喉が渇いていた。

しかしそれにしても、いったい誰があのスタジオのスツールを移動させたのだろう（それは明らかに移動させられていた）。誰が私の耳元で奇妙な声で語りかけてきたのだろう（私は明らかにその声を耳にした）。誰が私に、あの絵に何が欠けているかを示唆したのだろう（その示唆は明らかに有効なものだった）。

おそらく私自身だ。私が無意識に椅子を動かし、私自身に示唆を与えたのだ。持って回った不思議なやり方で、表層意識と深層意識とを自在に交錯させて……。それよりほかに私に思いつけるうまい説明はなかった。もちろんそれは真実ではなかったのだが。

午前十一時、食堂の椅子に座って、熱い紅茶を飲みながらあてもなく考えごとをしているときに、免色の運転する銀色のジャガーがやってきた。私はそのときまで、免色と前夜交わした約束をすっかり忘れてしまっていた。絵を描くことに夢中になっていたせいだ。それからあの幻聴だか空耳のこともあった。

免色？　どうして免色が今ここに来るのだろう？

「できれば、もう一度あの石室をじっくりと見てみたいのです」、免色は電話でそう言っていた。私は家の前でV8エンジンがいつもの唸《うな》りを止めるのを耳にしながら、そのことをようやく思い出した。

# 18 好奇心が殺すのは猫だけじゃない

私は自分から家の外に出て免色を迎えた。そんなことをするのは初めてだったが、とくに何か理由があって、その日に限ってそうしたわけではない。外に出て身体《からだ》を伸ばし、新鮮な空気が吸いたくなっただけだ。

空にはまだ円い石盤のような形の雲が浮かんでいた。海の遥か沖の方でそんな雲がいくつもつくられ、それが南西からの風に乗って、ひとつひとつゆっくりと山の方に運ばれてくるのだ。いったいどのようにして、そんなに美しい完璧《かんぺき》な円形が、おそらくはこれという実際的意図もなく次々に自然につくり出されていくのか、それは謎だ。あるいは気象学者にとっては謎でもなんでもないのかもしれないが、少なくとも私にとっては謎だ。この山の上に一人で住むようになってから、私は様々な種類の自然の驚異に心を惹《ひ》かれるようになっていた。

免色は襟のついた、濃い臙脂色《えんじいろ》のセーターを着ていた。上品な薄手のセーターだ。そして青がかすれて今にも消えそうなほど淡い色合いのブルージーンズをはいていた。ブルージーンズはストレートで、柔らかな生地でできていた。私が見るところ（あるいは私の考えすぎなのかもしれないが）、彼はいつも白髪がきれいに際《きわ》だつ色合いの服を意識して身につけているようだった。その臙脂色のセーターも白髪にとてもよく似合っていた。その白い髪は、いつものようにぴったり適度の長さに保たれていた。どのように処理しているのかはわからないが、彼の髪はそれ以上長くなることもなければ、それ以上短くなることもないようだった。

「まずあの穴に行って、中をのぞいて見てみたいのですが、かまいませんか？」と免色は私に尋ねた。「変わりはないか、ちょっと気になるもので」

もちろんかまわない、と私は言った。私もあれ以来、あの林の中の穴に近寄ったことはなかった。どうなっているのか見てみたい。

「申し訳ないのですが、あの鈴を持ってきてくれませんか」と免色は言った。

私は家に入り、スタジオの棚の上から古い鈴を持って戻ってきた。

免色はジャガーのトランクから、大型の懐中電灯を取りだし、それをストラップで首からかけた。そして雑木林に向かって歩き出した。私もそのあとについていった。雑木林はこの前に見たときより、いっそう濃く色づいているようだった。この季節には山は、一日ごとにその色を変化させていく。赤みを増す木があり、黄色に染まっていく木があり、いつまでも緑を保つ木がある。その取り合わせが美しかった。しかし免色はそんなことにはまったく関心を持たないようだった。

「この土地のことを少し調べてみました」と免色は歩きながら言った。「これまでにこの土地を誰が所有していたか、何に使われていたか、そういうことです」

「何かわかりました?」

免色は首を振った。「いいえ、ほとんど何もわかりませんでした。以前、何か宗教的なものに関連した場所ではないかと予想していたのですが、私の調べた限りではどうやらそういうこともなさそうです。どうしてここに祠《ほこら》やら石塚やらがつくられていたのか、その経緯はわかりません。もともとは何もないただの山地であったようです。そこが切りひらかれ、家が建てられた。雨田《あまだ》具彦《ともひこ》さんがこの地所を家付きで購入したのは、一九五五年のことです。それまではある政治家が山荘として所有していました。たぶん名前はご存じないでしょうが、戦前には大臣までつとめた人です。戦後は引退同然の暮らしを送っていました。その人の前に誰がここを所有していたか、そこまでは辿《たど》れませんでした」

「こんな辺鄙《へんぴ》な山の中に政治家がわざわざ別荘を持つなんて、少し不思議な気がしますが」

「以前このあたりにはけっこう多くの政治家が山荘を持っていたんです。近衛文麿《このえふみまろ》の別荘も、たしか山をいくつか隔てたところにあったはずです。箱根や熱海に向かう道筋にあたるし、きっと何人かで集まって密談をおこなうにはうってつけの場所だったのでしょう。東京都内で要人が顔をあわせると、どうしても人目につきますから」

我々は蓋《ふた》として穴に被《かぶ》せてあった何枚かの厚板をどかせた。

「ちょっと底に降りてみます」と免色は言った。「ここで待っていてくれますか？」

待っていると私は言った。

免色は業者が置いていってくれた金属製の梯子《はしご》をつたって下に降りた。一段足を下ろすごとに梯子が軽い軋《きし》みを立てた。私はその姿を上から見下ろしていた。彼は穴の底に降りると、懐中電灯を首からはずしてスイッチを入れ、時間をかけてまわりを子細に点検した。石壁を撫《な》でたり、拳《こぶし》で叩いたりした。

「この壁はずいぶんしっかり、緻密《ちみつ》に造ってありますね」と免色は私の方を見上げて言った。「ただ井戸を途中まで埋めたというものではないように思えます。井戸ならおそらくもっと簡単な石積みで済ませるはずです。これほど丁寧に手をかけてこしらえたりしない」

「じゃあ、何か他の目的のために造られたということなのでしょうか？」

免色は何も言わずに首を振った。わからない、ということだ。「いずれにせよ、この壁は簡単には登れないようにできています。足をかけるような隙間《すきま》がまったくありませんから。穴の深さは三メートルもありませんが、上までよじ登るのはむずかしそうだ」

「簡単に登れないようにこしらえてあるということですか？」

免色はまた首を振った。わからない。見当もつかない。

「ひとつお願いがあるのですが」と免色が言った。

「どんなことでしょう？」

「手間をとらせて申し訳ないのですが、この梯子を引き上げて、それからできるだけ光が入らないようにぴたりと蓋を閉めてくれませんか？」

私はしばらく言葉が出てこなかった。

「大丈夫です。何も心配することはありません」と免色は言った。「ここに、この真っ暗な穴の底に、一人で閉じ込められているというのがどういうことなのか、自分で体験してみたいだけです。ミイラになるつもりはまだありませんから」

「どれくらい長くそうしているつもりなんですか？」

「出してほしくなったら、そのときは鈴を振ります。鈴の音が聞こえたら、蓋を外して梯子を下ろしてください。もし一時間たっても鈴の音が聞こえないときには、そちらから蓋を外してください。一時間以上ここにいるつもりはありませんから。私がここにいることを、くれぐれも忘れないように。もしあなたが何かの加減で忘れてしまったら、私はそのままミイラになってしまいますから」

「ミイラとりがミイラになる」

免色は笑った。「まさにそのとおりです」

「まさか忘れたりはしませんが、でも本当に大丈夫ですか、そんなことをして？」

「ただの好奇心です。しばらく真っ暗な穴の底に座っていたいんです。懐中電灯はそちらに渡します。そのかわりに鈴を持たせてください」

彼は梯子を途中まで登って私に懐中電灯を差し出した。私はそれを受け取り、鈴を差し出した。彼は鈴を受け取って、軽く振った。くっきりとした鈴の音が聞こえた。

私は穴の底にいる免色に向かって言った。「でももし、ぼくが途中で凶暴なスズメバチの群れに刺され意識を失ってしまったら、あるいは死んでしまったら、あなたはこのままここから出られなくなってしまうかもしれませんよ。この世界では、何が起こるかわかったものじゃありませんから」

「好奇心というのは常にリスクを含んでいるものです。リスクをまったく引き受けずに好奇心を満たすことはできません。好奇心が殺すのは何も猫だけじゃありません」

「一時間経《た》ったらここに戻ります」と私は言った。

「スズメバチにはくれぐれも気をつけて下さい」と免色は言った。

「免色さんも暗闇《くらやみ》には気をつけて下さい」

免色はそれには返事をせず、私の顔をひとしきり見上げていた。下を向いている私の表情の中に何かの意味を読み取ろうとしているみたいに。しかしその視線にはどことなく漠然としたところがあった。まるで私の顔に焦点を合わせようとして、うまく合わせられないような。それはあまり免色らしくない、どこかあやふやな視線だった。

彼はそれから思い直したように地面に腰を下ろし、湾曲した石壁に背中をもたせかけた。そして私に向かって小さく手を上げた。準備はできている、ということだ。私は梯子を引き上げて、厚板をできるだけぴたりと穴の上に被せ、その上にいくつか重しの石を置いた。木材と木材のあいだの細い隙間から少しくらいは光が入ってくるだろうが、それで穴の中はじゅうぶん暗くなったはずだった。私は蓋の上から中にいる免色に何か声をかけようかと思ったが、思い直してやめた。彼は孤独と沈黙を自ら求めているのだ。

　私は家に帰って湯を沸かし、紅茶をいれて飲んだ。そしてソファに座って読みかけの本を読んだ。しかし鈴の音が聞こえないかとずっと耳を澄ませていたので、なかなか読書に意識を集中することができなかった。ほとんど五分ごとに腕時計に目をやった。そして真っ暗な穴の底に一人で座っている免色の姿を想像した。不思議な人物だ、と私は思った。自分で費用を持ってわざわざ造園業者を呼び、重機を使って石の山をどかせ、わけのわからない穴の口を開いた。そして今はその中に一人で閉じこもっている。というか、自ら志願してそこに閉じ込められている。

　まあいいさ、と私は思った。そこにどんな必然性があるにせよ、意図があるにせよ（もし何らかの必然性や意図があるとすればだが）、それは免色の問題であって、すべて彼の判断に任せておけばいいのだ。私は他人が描いた図の中で、何も考えずに動いているだけだ。私は本を読むのをあきらめてソファに横になり、目を閉じた。でももちろん眠りはしなかった。今ここで眠ってしまうわけにはいかない。

結局鈴は鳴らないまま、一時間が経過した。あるいは私は何かの加減で、その音を聞き逃したのかもしれない。いずれにせよ蓋を開ける時刻だった。私はソファから立ち上がり、靴を履いて外に出て、雑木林の中に入った。スズメバチだかイノシシが現れるのではないかとふと不安になったが、スズメバチもイノシシも現れなかった。メジロのような小さな鳥が目の前を素速く横切っただけだった。私は林の中を進み、祠の裏にまわった。そして重しの石を取って、板を一枚だけどかせた。

「免色さん」と私はその隙間から声をかけた。しかし返事はなかった。隙間から見える穴の中は真っ暗で、そこに免色の姿を認めることはできなかった。

「免色さん」と私はもう一度呼びかけてみた。しかしやはり返事はない。私はだんだん心配になってきた。ひょっとして免色は姿を消してしまったのかもしれない。そこにあるはずのミイラがどこかに姿を消してしまったのと同じように。常識ではあり得ないことだったが、そのときの私は真剣にそう考えた。

私は板をもう一枚、手早くどかせた。そしてまた一枚。それで地上の光がようやく穴の底まで届いた。そしてそこに座り込んでいる免色の輪郭を、私は目にすることができた。

「免色さん。大丈夫ですか？」と私は少しほっとして声をかけた。

免色はその声でようやく意識が戻ったように顔を上げ、小さく頭を振った。そしていかにも眩《まぶ》しそうに両手で顔を覆《おお》った。

「大丈夫です」と彼は小さな声で答えた。「ただ、もう少しだけこのままにしておいてくれませんか。目が光に慣れるのに少し時間がかかります」

「ちょうど一時間経ちました。もっと長くそこに留まりたいというのであれば、また蓋をしますが」

免色は首を振った。「いや、もうこれで十分です。今はもういい。これ以上ここに居ることはできません。それは危険すぎるかもしれない」

「危険すぎる？」

「あとで説明します」と免色は言った。そして皮膚から何かをこすり落とすみたいに、両手でごしごしと顔をさすった。

五分ほどあとに彼はそろそろと立ち上がり、私が下ろした金属製の梯子を登ってきた。そして再び地上に立ち、ズボンについた埃《ほこり》を手で払い、それから目を細めて空を仰いだ。樹木の枝の間から青い秋の空が見えた。彼は長いあいだその空を愛《いと》おしそうに眺めていた。それから我々はまた板を並べて、穴を元通りに塞《ふさ》いだ。人が誤ってそこに落ちたりしないように。そしてその上に重しの石を並べた。私はその石の配置を頭に刻んでおいた。誰かがそれを動かしたときにわかるように。梯子は穴の中にそのまま残しておいた。

「鈴の音は聞こえませんでした」と私は歩きながら言った。

免色は首を振った。「ええ、鈴は鳴らしませんでした」

彼はそれ以上何も言わなかったので、私も何も尋ねなかった。

我々は歩いて雑木林を抜け、家に戻った。免色が先に立って歩き、私はそのあとに従った。免色は無言のまま、懐中電灯をジャガーのトランクにしまった。それから我々は居間に腰を下ろし、熱いコーヒーを飲んだ。免色はまだ口を開かなかった。何かについて真剣に考え込んでいるようだった。とくに深刻な顔をしたりするわけではないのだが、彼の意識がここから遠く離れた別の領域に移ってしまっていることは明らかだった。そしてそこはおそらく、彼一人の存在しか許されない領域なのだ。私はその邪魔をせず、彼を思考の世界にひたらせておいた。ちょうどシャーロック・ホームズに対してドクター・ワトソンがそうしていたように。

私はそのあいだとりあえずの自分の予定について考えていた。今日の夕方には車を運転して地上に降り、小田原駅の近くにある絵画教室に行かなくてはならない。そこで人々の描く絵を見てまわり、講師としてそれにアドバイスを与える。子供向けの教室と成人教室が続けてある日だ。それは私が日常の中で生身の人々と顔をあわせ、会話を交わすほとんど唯一の機会だった。もしその教室がなかったら、私はこの山の上で隠者同然の生活を送ることになっていただろうし、そんな一人きりの生活を続けていたら、政彦《まさひこ》が言うように、精神のバランスが変調をきたしていたかもしれない（あるいはもう既にきたし始めているのかもしれないが）。

だから私としてはそのような現実の、言うなれば世俗の空気に触れる機会を与えられたことを感謝しなくてはならなかったはずだ。しかし実際には、なかなかそういう気持ちになれなかった。教室で顔を合わせる人々は私にとって、生身の存在というよりは、ただ目の前を通り過ぎていく影みたいなものに過ぎなかった。私は一人ひとりににこやかに応対し、相手の名前を呼び、作品を批評する。いや、批評とは呼べない。私はただ褒めるだけだ。ひとつひとつの作品にどこかしら良き部分を見つけて――もしなければ適当にこしらえて――褒める。

そんなわけで講師としての私の、教室内での評判は悪くないらしい。経営者の話によれば、多くの生徒が私に好感を持ってくれているようだ。それは私にとっては予想外のことだった。自分が他人にものを教えるのに向いていると思ったことは一度もなかったから。しかしそれも私にとってはどうでもいいことだ。人々に好かれても好かれなくても、どちらでもかまわない。私としてはできるだけ円滑に、支障なくその教室の仕事がこなせればいい。そうすることで雨田政彦に対する義理は果たされる。いや、もちろんすべての人々が影であるわけではない。私はその中から二人の女性を選んで、個人的な交際をするようになったのだから。私と性的な関係を持つようになってから、彼女たちは絵画教室に通うことをやめた。たぶんなんとなくやりにくかったからだろう。そのことで私は責任のようなものを感じないでもなかった。

二人目のガールフレンド（年上の人妻）は明日の午後にここに来る。そして我々はしばしの時間ベッドの中で抱き合い、交わり合うだろう。だから彼女はただの通り過ぎていく影ではない。立体的な肉体を具《そな》えた現実の存在だ。あるいは立体的な肉体を具えた通り過ぎていく影だ。どちらなのか、私にも決められない。

　免色が私の名前を呼んだ。私はそれではっと我に返った。知らないうちに私も、一人で深く考え込んでしまっていたようだった。

「肖像画のことです」と免色は言った。

私は彼の顔を見た。彼はいつもどおりの涼しげな顔に戻っていた。ハンサムで、常に冷静で思慮深く、相手を落ち着かせ安心させる顔だ。

「もしモデルとしてポーズをとることが必要なら、これからでもかまいませんよ」と彼は言った。「前の続きというか、私の方の用意はいつでもできています」

私はしばらく彼の顔を見ていた。ポーズ？　そう、彼は肖像画の話をしているのだ。私はうつむいて少し冷めたコーヒーを一口飲み、頭の中をひととおり整理してから、カップをソーサーに戻した。かたんという小さな乾いた音が私の耳に届いた。それから私は顔を上げ、免色に向かって言った。

「申し訳ないのですが、今日はこのあと絵画教室に教えにいかなくちゃならないんです」

「ああ、そうでしたね」と免色は言った。そして腕時計に目をやった。「そのことをすっかり忘れていました。あなたは小田原駅前の絵画教室で絵を教えておられるんだ。もうそろそろお出かけになりますか？」

「まだ大丈夫、時間はあります」と私は言った。「それからひとつ、あなたにお話ししておかなくちゃならないことがあるのです」

「どんなことでしょう？」

「実を言うと、作品は既に完成しているのです。ある意味においては」

免色は顔を僅かにしかめた。そして私の目をまっすぐ見た。私の目の奥にある何かを見定めるみたいに。

「それは私の肖像画のことですか？」

「そうです」と私は言った。

「それは素晴らしい」と免色は言った。顔には微《かす》かな笑みが浮かんでいた。「実に素晴らしい。しかしそのある意味というのはどういうことなのでしょう？」

「それを説明するのは簡単じゃありません。何かを言葉で説明するのが、もともと得意じゃないんです」

免色は言った。「ゆっくり時間をかけて、好きなように話して下さい。私はここで聞いていますから」

私は膝《ひざ》の上で両手の指を組んだ。そして言葉を選んだ。

私が言葉を選んでいるあいだ、まわりに沈黙が降りた。時間の流れる音が聴き取れそうなほどの沈黙だった。山の上では時間はとてもゆっくりと流れていた。

私は言った。「ぼくは依頼を受け、あなたをモデルにして一枚の絵を描きました。しかし正直に申し上げて、それはどう見ても〈肖像画〉と呼べるようなものではありません。ただ〈あなたをモデルとして描いた作品〉であるとしか言えないのです。そしてそれが作品として、商品としてどれほどの価値を持つものかも判断がつきません。ただ、それがぼくが描かなくてはならなかった絵であるということだけは確かです。しかしそれ以上のことは皆目わからない。正直なところ、ぼくはとても戸惑っています。いろんな状況がもっとクリアになるまで、その絵はあなたにお渡しせず、こちらに置いておいた方がいいのかもしれません。そういう気がします。ですから、受け取った着手金はそのままお返ししたいと思います。それからあなたの貴重な時間を潰《つぶ》させてしまったことについては心からお詫《わ》びします」

「肖像画ではないとあなたは言う」と免色は慎重に言葉を選ぶように質問した。「それはどのような意味合いにおいてなのですか？」

私は言った。「これまでずっとプロの肖像画家として生活してきました。肖像画というのは基本的に、相手が描いてもらいたいという姿に相手を描くことです。相手は依頼主であり、できあがった作品が気に入らなければ、『こんなものに金を払いたくない』と言われることだってあり得るわけですから。ですからその人物のネガティブな側面はできるだけ描かないようにします。良い部分だけを選んで強調し、できるだけ見栄《みば》え良く描くことを心がけます。そういう意味においてきわめて多くの場合、もちろんレンブラントみたいな人は別ですが、肖像画を芸術作品と呼ぶことはむずかしくなります。しかし今回の場合、この免色さんを描いた絵の場合、あなたのことなんて何も考えず、ただ自分のことだけを考えてこの絵を描いていました。言い換えるなら、モデルであるあなたのエゴよりは、作者である自分のエゴを率直に優先した絵になっています」

「そのことは私にとってはまったく問題にはなりません」と免色は微笑《ほほえ》みを顔に浮かべたまま言った。「むしろ喜ばしいことです。あなたの好きなように描いてくれ、何も注文はつけない、最初にはっきりそう申し上げたはずです」

「そのとおりです。そうおっしゃいました。よく覚えています。心配しているのは、作品の出来よりはむしろ、ぼくがそこで何を描いてしまったのかということなのです。ぼくは自分を優先するあまり、何か自分が描くべきではないことを描いてしまったのかもしれない。ぼくとしてはそのことを案じているのです」

免色は私の顔をしばらく観察していた。それから口を開いた。「私の中にある、描くべきではなかったものごとをあなたは描いてしまったかもしれない。そのことをあなたは心配している。そういうことですか？」

「そういうことです」と私は言った。「自分のことしか考えなかったせいで、ぼくはそこにあるべきたがのようなものを外してしまったかもしれない」

そして何か不適切なものをあなたの中から引きずり出してしまったかもしれない、と私は言いかけて、思い直してやめた。その言葉は自分の中にしまい込んでおいた。

私の言ったことについて免色は長いあいだ考え込んでいた。

「面白い」と免色は言った。いかにも面白そうに。「ずいぶん興味深い意見です」

私は黙っていた。

免色は言った。「私は自分でも思うのですが、とてもたがが強い人間です。言い換えれば、自分をコントロールする力が強い人間です」

「知っています」と私は言った。

免色はこめかみを指で軽く押さえ、微笑んだ。「それで、その作品はもう完成しているのですね？　その私の〈肖像画〉は？」

私は肯《うなず》いた。「完成しているとぼくは感じています」

「素晴らしい」と免色は言った。「とにかくその絵を見せていただけませんか？　実際にその絵を拝見してから、どうすればいいか二人で考えましょう。それでかまいませんか？」

「もちろん」と私は言った。

私は免色をスタジオに案内した。彼はイーゼルの正面に二メートルほど離れて立ち、腕組みをしてじっと絵を見つめた。そこにあるのは免色をモデルにしたポートレイトだった。いや、ポートレイトというよりは、絵の具の塊をそのまま画面にぶっつけたひとつの「形象」としか呼びようのないものだ。豊かな白髪は、吹き飛ばされた雪のような純白の激しいほとばしりになっている。それは一見して顔には見えない。顔としてあるべきものは色の塊の奥にそっくり隠されている。しかしそこには疑いの余地なく免色という人間が実在している——と（少なくとも）私には思える。

ずいぶん長いあいだ、彼はそのままの姿勢で、身動きひとつせずその絵を睨《にら》んでいた。文字どおり筋肉ひとつ動かさなかった。呼吸しているのかどうかすら定かではなかった。私は少し離れた窓際に立って、横手からその様子を観察していた。どれほどの時間が経過しただろう。私にはそれはほとんど永遠のように感じられた。絵を凝視している彼の顔からは、表情というものがそっくり消え失《う》せていた。そして両方の目はどんよりと奥行きがなく、白く濁って見えた。まるで静かな水たまりが曇った空を反映させているみたいに。それは他者の近接をどこまでも拒む目だった。彼がその心の底で何を思っているのか、私には推測がつかなかった。

それから免色は、術者にぽんと手を叩《たた》かれて催眠状態を解かれた人のように、背筋をまっすぐ伸ばし、小さく身震いをした。そしてすぐに表情を回復し、目にいつもどおりの光を戻した。そして私の方にゆっくりと歩いてやってきて、右手を前に伸ばして私の肩に置いた。

「素晴らしい」と彼は言った。「実に見事だ。なんと言えばいいのだろう、これこそまさに私の求めていた絵です」

私は彼の顔を見た。その目を見て、彼が本当の気持ちをそのまま語っていることがわかった。彼は心から私の絵に感心し、心を動かされているのだ。

「この絵には私がそのまま表現されています」と免色は言った。「これこそが本来の意味での肖像画というものです。あなたは間違っていない。実に正しいことをした」

彼の手はまだ私の肩の上に置かれていた。ただそこに置かれているだけだったが、それでもその手のひらからは特別な力が伝わってくるようだった。

「しかしどのようにして、あなたはこの絵を発見することができたのですか？」と免色は私に尋ねた。

「発見した？」

「もちろんこの絵を描いたのはあなたです。言うまでもなく、あなたが自分の力で創造したものだ。しかしそれと同時に、ある意味ではあなたはこの絵を発見したのです。つまりあなた自身の内部に埋もれていたこのイメージを、あなたは見つけ出し、引きずり出したのです。発掘したと言っていいかもしれない。そうは思いませんか？」

そう言われればそうかもしれない、と私は思った。もちろん私は自分の手を動かし、自分の意志に従ってこの絵を描いた。絵の具を選んだのも私なら、絵筆やナイフや指を使ってその色をキャンバスに塗ったのも私だ。しかし見方を変えれば、私は免色というモデルを触媒にして、自分の中にもともと埋もれていたものを探り当て、掘り起こしただけなのかもしれない。ちょうど祠の裏手にあった石の塚を重機でどかせ、格《こう》子《し》の重い蓋を持ち上げ、あの奇妙な石室の口を開いたのと同じように。そして私の周辺でそのような二つの相似した作業が並行して進行していたことに、私は因縁のようなものを見ないわけにはいかなかった。ここにあるものごとの展開はすべて、免色という人物の登場と、あの真夜中の鈴の音と共に開始されたようにも思えた。

免色は言った。「それは言うなれば深い海底で生じる地震のようなものです。目には見えない世界で、日の光の届かない世界で、つまり内なる無意識の領域で大きな変動が起こります。それが地上に伝わって連鎖反応を起こし、結果的に我々の目に見える形をとります。私は芸術家ではありませんが、そのようなプロセスの原理はおおよそ理解できます。ビジネス上の優れたアイデアもだいたいそれと似たような段階を経て生まれてくるからです。卓越したアイデアとは多くの場合、暗闇の中から根拠もなく現れてくる思念のことです」

免色はもう一度絵の前に立ち、すぐ近くに寄ってその画面を眺めた。そしてまるで細かい地図を読み取る人のように、細部を隅々まで注意深く点検した。それから今度は三メートルほど後ろに下がり、眼を細めて全体を見渡した。彼の顔には恍惚《こうこつ》に似た表情が浮かんでいた。それは獲物《えもの》を手中に収めようとしている有能な肉食鳥の姿を思わせた。でもその獲物とは何なのだろう？　私の描いた絵なのか、私自身なのか、それともほかの何かなのか、それがわからなかった。しかしその恍惚に似た不思議な表情は、明け方の川面《かわも》に漂う靄《もや》のように、ほどなく薄らいで消えていった。そしてそのあとをいつもの人当たりの良い、思慮深げな表情が埋めた。

彼は言った。「私は日頃から、自らを褒めるようなことはできるだけ口にしないように心がけているのですが、それでも自分の目に間違いがなかったことがわかって、正直なところいささかの誇らしさを感じています。私自身には芸術的な才能はありませんし、創作のようなことには無縁の人間ですが、優れた作品を認める目はそれなりに持っています。少なくとも自分ではそのように自負しています」

それでも私にはまだ、免色の言葉をそのまま素直に受けとめて喜ぶことができなかった。絵を凝視しているときの、あの肉食鳥のような鋭い目つきが心にひっかかっていたせいかもしれない。

「じゃあ、この絵は免色さんの気に入っていただけたのですね？」と私は事実を確認するためにあらためて尋ねた。

「言うまでもないことです。これは本当に価値のある作品だ。私をモデルとしてモチーフとして、このような優れた力強い作品を描いていただけたことは、まさに望外の喜びです。そして言うまでもなく、依頼主としてこの絵は引き取らせていただきます。それでもちろんよろしいですね？」

「ええ。ただぼくとしては――」

免色は素速く手を上げて私の言葉を遮った。「それで、もしよろしければ、この素晴らしい絵が完成したことを祝して、近々あなたを拙宅《せったく》にご招待したいのですが、いかがでしょう？　昔風に言えば、一献《いっこん》振る舞いたいということです。もしそういうことがご迷惑でなければ」

「もちろん迷惑なんかじゃありませんが、しかしわざわざそんなことをしていただかなくても、もう十分――」

「いや、私がそうしたいんです。この絵の完成を二人で祝いたいのです。一度私のうちに夕食を食べにきてくれませんか。たいしたことはできませんが、ささやかな祝宴を張りましょう。あなたと私と二人だけで、他の人はいません。もちろんコックとバーテンダーは別ですが」

「コックとバーテンダー？」

「早川漁港の近くに、昔から親しくしているフレンチ・レストランがあります。その店の定休日に、コックとバーテンダーをこちらに呼びましょう。腕の確かな料理人です。新鮮な魚を使ってなかなか面白い料理を作ってくれます。実を言えば、この絵の一件とは関係なく、一度あなたをうちにご招待しようと思って、その準備を進めていたのです。でもちょうど良いタイミングでした」

驚きを顔に出さないようにするにはいささかの努力が必要だった。それだけの手配をするのにいったいどれほどの費用がかかるのか見当もつかないが、たぶん免色にとっては通常の範囲なのだろう。あるいは少なくとも、それほど常軌《じょうき》を逸《いっ》した行いではないのだろう。

免色は言った。「たとえば四日後はいかがですか？　火曜日の夜です。もしご都合がよろしければその段取りをします」

「火曜日の夜にはとくに予定はありません」と私は言った。

「じゃあ、火曜日で決まりです」と彼は言った。「それで今、この絵を持ち帰ってもかまわないでしょうか？　できればあなたがうちに見えるまでにきちんと額装をして、壁に飾りたいので」

「免色さん、あなたにはこの絵の中に本当にご自分の顔が見えるのですか？」と私はあらためて尋ねた。

「もちろんです」と免色は不思議そうな目で私を見て言った。「もちろんこの絵の中には私の顔が見えます。とてもくっきりと。それ以外にここに何が描かれているというのですか？」

「わかりました」と私は言った。それ以外に私に言えることはなかった。「もともと免色さんの依頼を受けて描いたものです。もし気に入られたのなら、作品は既にあなたのものです。ご自由になさって下さい。ただし絵の具はまだ乾いていません。だから十分注意して運んでください。それから額装をするのも、もう少し待たれた方がいいと思います。二週間ほど乾かしたあとの方が良いでしょう」

「わかりました。気をつけて扱います。額装も後日にまわします」

帰り際に玄関で彼は手を差し出し、我々は久しぶりに握手をした。彼の顔には満ち足りた笑みが浮かんでいた。

「それでは火曜日にお目にかかりましょう。夕方の六時頃に迎えの車をこちらに寄越します」

「ところで夕食にミイラは招かないのですか？」と私は免色に尋ねてみた。どうしてそんなことを口にしたのか、その理由は自分でもよくわからない。でも突然ふとミイラのことが頭に浮かんだのだ。そしてそう言わずにはいられなかった。

免色は探るように私の顔を見た。「ミイラ？　いったい何のことでしょう？」

「あの石室の中にいたはずのミイラのことです。即身仏というべきなのかな。毎夜鈴を鳴らしていたはずなのに、鈴だけを残してどこかに消えてしまった。ひょっとして彼もおたくに招待されたがっているのではないでしょうか。『ドン・ジョバンニ』の騎士団長の彫像と同じように」

少し考えて、免色はようやく腑《ふ》に落ちたというように明るい笑みを浮かべた。「なるほど。ドン・ジョバンニが騎士団長の彫像を招待したのと同じように、私がミイラを夕食の席に招待すればどうかということですね」

「そのとおりです。これも何かの縁かもしれません」

「いいですよ。私はちっともかまいません。お祝いの席です。もしミイラが夕食に加わりたいのであれば、喜んで招待しましょう。なかなか興味深い夕べになることでしょう。でもデザートにはどんなものを出せばいいのだろう？」、彼はそう言って楽しそうに笑った。「ただ問題は、本人の姿が見当たらないことです。本人がいないことには、こちらとしても招待のしようもありません」

「もちろん」と私は言った。「でも目に見えることだけが現実だとは限らない。そうじゃありませんか？」

免色はその絵を大事そうに両手で抱えて運び、まずトランクから古い毛布を出して助手席のシートに敷いた。そしてその上に、絵の具がついたりしないように絵を寝かせて置いた。そして細いロープと二つの段ボール箱を使って、動かないように注意深くしっかりと固定した。とても要領がいい。ジャガーのトランクには様々な道具が常備されているようだった。

「そうですね、たしかにあなたのおっしゃるとおりかもしれません」と帰り際に免色はふと呟《つぶや》くように言った。彼は両手を革のハンドルの上に置いて、私の顔をまっすぐ見上げていた。

「ぼくの言うとおり？」

「つまり我々の人生においては、現実と非現実との境目がうまくつかめなくなってしまうことが往々にしてある、ということです。その境目はどうやら常に行ったり来たりしているように見えます。その日の気分次第で勝手に移動する国境線のように。その動きによほど注意していなくてはいけない。そうしないと自分が今どちら側にいるのかがわからなくなってしまいます。私がさきほど、これ以上この穴の中に留まっているのは危険かもしれないと言ったのは、そういう意味です」

私にはそれに対してうまく言葉を返すことができなかった。そして免色もそれ以上は話を進めなかった。彼は開けた窓から私に手を振り、V８エンジンを心地よく響かせながら、まだ絵の具の乾ききっていない肖像画と共に私の視界から消えていった。

# 19 私の後ろに何か見える？

　土曜日の午後の一時に、ガールフレンドが赤いミニに乗ってやってきた。私は外に出て彼女を迎えた。彼女は緑色のサングラスを掛け、ベージュのシンプルなワンピースの上に軽いグレーのジャケットを羽織っていた。

「車の中がいい？　それともベッドの方がいい？」と私は尋ねた。

「馬鹿《ばか》ねえ」と彼女は笑って言った。

「車の中もなかなか悪くなかった。狭い中でいろいろと工夫するところが」

「またそのうちにね」

　我々は居間に座って紅茶を飲んだ。少し前から取り組んでいた免色の肖像画（らしきもの）を無事に完成させたことを、私は彼女に話した。そしてその絵は、私がこれまで業務として描いていたいわゆる「肖像画」とはずいぶん違う性質のものになってしまったことを。話を聞いて、彼女はその絵に興味を持ったようだった。

「私がそれを見ることはできる？」

私は首を振った。「一日遅かったね。君の意見も聞いてみたかったんだけど、免色さんがもう家に持ち帰ってしまった。まだ絵の具も十分に乾いていないんだけど、一刻も早く自分のものにしたいみたいだった。まるで他の誰かに持って行かれるんじゃないかと心配しているみたいに」

「じゃあ、気に入ったのね」

「気に入っていると本人は言ったし、それを疑う理由もとくに見当たらなかった」

「絵は無事に完成して、依頼主にも気に入ってもらえた。つまりすべてはうまくいったということね？」

「たぶん」と私は言った。「そしてぼく自身も絵の出来に手応《てごた》えを感じている。それはこれまでにぼくが描いたことのない種類の絵だったし、そこには新しい可能性みたいなものが含まれていると思うから」

「新しいスタイルの肖像画ということかしら」

「さあ、どうだろう。今回は免色さんをモデルにして描くことを通して、その方法にたどり着くことができた。つまり肖像画というフレームをとりあえず入り口にすることで、たまたまそれが可能になったということかもしれない。もう一度同じ方法が通用するのかどうか、それはぼくにもわからない。今回は特別だったのかもしれない。免色さんというモデルがたまたま特殊な力を発揮したのかもしれない。でも何より大事なことは、ぼくの中にまた真剣に絵を描きたいという気持ちが生まれたことだと思う」

「とにかく、絵が完成しておめでとう」

「ありがとう」と私は言った。「少しまとまった額の収入が得られることにもなる」

「とても気前の良いメンシキさん」と彼女は言った。

「そして免色さんは、絵が完成したことを祝って、自宅にぼくを招待してくれている。火曜日の夜、夕食を一緒にするんだ」

私はその夕食会のことを彼女に話した。もちろんミイラを招待したことは抜きにして。プロのコックとバーテンダー、二人きりの夕食会。

「あなたはようやく、あの白亜の邸宅に足を踏み入れることになるのね」と彼女は感心したように言った。「謎《なぞ》の人の住む謎のお屋敷に。興味津々《しんしん》。どんなところだかよく見てきてね」

「目の届く限り」

「出てくる料理の内容も忘れないように」

「できるだけ覚えておくようにする」と私は言った。「ところでこのあいだたしか、免色さんについて何か新しい情報が手に入ったと言っていたよね」

「そう、いわゆる『ジャングル通信』で」

「どんな情報なんだろう？」

彼女は少し迷ったような顔をした。そしてカップを持ち上げ、紅茶を一口飲んだ。

「その話はもっとあとにしない」と彼女は言った。「それより前に少しばかりやりたいことがあるから」

「やりたいこと？」

「口にするのがはばかられるようなこと」

そして我々は居間から寝室のベッドに移動した。いつものように。

私は六年間、ユズと共に最初の結婚生活を送っていたわけだが（前期結婚生活、と呼んでいいだろう）、そのあいだ他の女性と性的な関係を持ったことは一度もなかった。そういう機会がまったくなかったわけではないのだが、私はその時期、よその場所に行って別の可能性を追求するよりは、妻と一緒に穏やかに生活を送ることの方により強い興味を持っていた。また性的な観点から見ても、ユズと日常的にセックスをすることで私の性欲は十分満たされていた。

しかしあるとき妻が何の前触れもなく（と私には思える）「とても悪いと思うけど、あなたと一緒に暮らすことはこれ以上できそうにない」と打ち明ける。それは揺らぎのない結論であって、交渉や妥協の余地はどこにも見当たらない。私は混乱し、どう反応すればいいのかわからない。言葉が出てこない。でもとにかくもうここにいられないということだけは理解できる。

だから身の回りの荷物を簡単にまとめて古いプジョー２０５に積み込み、放浪の旅に出る。春の初めの一ヶ月半ばかり、まだ寒さの残る東北と北海道を私は移動し続ける。とうとう車が壊れて動かなくなるまで。そして旅をしているあいだずっと、夜になると私はユズの身体《からだ》を思い出した。その肉体のひとつひとつの細かい部分まで。そこに手を触れたときに彼女がどんな反応を見せ、どんな声をあげるか。思い出したくはなかったのだが、思い出さないわけにはいかなかった。そしてときおり、私はそのような記憶を辿《たど》りながら一人で射精した。そんなこともしたくはなかったのだけれど。

でもその長い旅行のあいだ、ただ一度だけ生身の女性と性交したことがある。わけのわからない不思議な成り行きで、私はその見知らぬ若い女と一夜のベッドを共にすることになった。私の方から求めてそういうことになったわけではなかったのだが。

それは宮城県の海岸沿いの小さな町での出来事だった。岩手県との県境に近いあたりだったと記憶しているが、その時期私は日々細かく移動を続け、似たような町をいくつも通過してきた。町の名前をいちいち覚えている余裕もなかった。大きな漁港があったことを覚えている。しかしそのへんの町にはたいてい大きな漁港があった。そしてどこにもディーゼル油と魚の匂《にお》いが漂っていた。

町外れの国道沿いにファミリー・レストランがあり、そこで私は一人で夕食をとっていた。午後の八時頃のことだ。海老《えび》カレーとハウスサラダ。店の中に客は数えるほどしかいなかった。私が窓際《まどぎわ》のテーブルで、一人で文庫本を読みながら食事をしていると、私の向かいの席に出し抜けに一人の若い女が座った。彼女はまったく躊躇《ちゅうちょ》することもなく、私にひとこと断るでもなく、無言でそのビニール張りのシートに素速く腰を下ろした。まるで世界中にこれ以上当たり前のことはないという様子で。

私は驚いて顔を上げた。もちろんその女の顔に見覚えはなかった。まったくの初対面だ。突然のことなので、事情がよく理解できなかった。テーブルは他にいくらでも空いている。わざわざ私と相席するような理由はない。あるいはこの町では、こんなことはむしろありふれた出来事なのだろうか？　私はフォークを置いて、紙ナプキンで口許《くちもと》を拭《ぬぐ》い、彼女の顔をぼんやり眺めていた。

「知り合いのような顔をして」と彼女は手短に言った。「ここで待ち合わせをしていたみたいな」。ハスキーな声と言っていいかもしれない。あるいは緊張が彼女の声を一時的にしゃがれさせているだけかもしれない。声には微かな東北訛《なま》りが聞き取れた。

私は読んでいた本にしおりをはさんで閉じた。女はたぶん二十代半ばだろう。襟の丸い白いブラウスに、紺色のカーディガンを羽織っていた。どちらもあまり上等なものとは言えない。とくに洒落《しゃれ》てもいない。人が近所のスーパーマーケットに買い物に行くときに着ていくような、ごく普通の服だ。髪は黒く短く、前髪が額に落ちていた。化粧気はあまりない。そして黒い布製のショルダーバッグを膝に載せていた。

これという特徴のない顔立ちだった。顔立ちそのものは悪くないのだが、それが与える印象が希薄なのだ。通りですれ違ってもほとんど印象に残らない顔だ。そのまま通り過ぎて忘れてしまう。彼女は薄くて長い唇をまっすぐ結び、鼻で呼吸していた。呼吸がいくらか荒くなっているようだった。鼻孔が小さく膨らみしぼんだ。鼻は小さく、口の大きさに比べてバランスを欠いていた。まるで塑像《そぞう》を造っている人が途中で粘土が足りなくなって、鼻のところを少し削ったみたいに。

「わかった？　知り合いのような顔をしていて」と彼女は繰り返した。「そんなびっくりした顔をしていないで」

「いいよ」とわけがわからないまま私は返事をした。

「そのまま普通に食事を続けて」と彼女は言った。「そして私と親しく話をしているふりをしてくれる？」

「どんな話を？」

「東京の人なの？」

私は肯いた。フォークを取り上げ、プチトマトをひとつ食べた。そしてグラスの水をひとくち飲んだ。

「しゃべり方でわかる」と彼女は言った。「でもどうしてこんなところにいるの？」

「たまたま通りかかったんだ」と私は言った。

生姜色《しょうがいろ》の制服を着たウェイトレスが、分厚いメニューを抱えてやってきた。驚くほど胸の大きなウェイトレスで、制服のボタンが今にもはじけ飛びそうに見えた。私の向かいに座った女はメニューを受け取らなかった。ウェイトレスの顔さえ見上げなかった。私の顔をまっすぐ見ながら「コーヒーとチーズケーキ」と言っただけだった。

まるで私に注文するみたいに。ウェイトレスは黙って肯き、持ってきたメニューをそのまま抱えて歩き去った。

「何か面倒なことに巻き込まれているの？」と私は尋ねた。

彼女はそれには答えなかった。まるで私の顔を値踏みするみたいにじっと見ているだけだった。

「私の後ろに何か見える？　誰かいる？」と彼女は尋ねた。

私は彼女の背後に目をやった。普通の人々が普通に食事をしているだけだ。新しい客も入ってきていない。

「何もない。誰もいない」と私は言った。

「もう少しそのまま様子を見ていて」と彼女は言った。「何かあったら教えて。さりげなく会話を続けて」

我々の座ったテーブルから店の駐車場が見えた。私の埃だらけの小さな古いプジョーが駐《と》まっているのが見えた。他には二台の車が駐まっていた。銀色の軽自動車が一台と、背の高い黒のワンボックス・カーだ。ワンボックス・カーは新車のように見える。どちらもしばらく前から駐まっている。新しくやってきた車は見えない。女はたぶん歩いてこの店まで来たのだろう。それとも誰かに車でここまで送ってもらったか。

「たまたまここを通りかかった？」と女が言った。

「そうだよ」

「旅行をしているの？」

「まあね」と私は言った。

「どんな本を読んでいたの？」

私は読んでいた本を彼女に見せた。それは森鷗外《おうがい》の『阿部一族《あべいちぞく》』だった。

『阿部一族』」と彼女は言った。そして本を私に返した。「どうしてこんな古い本を読んでいるの？」

「少し前に泊まった青森のユースホステルのラウンジに置いてあったんだ。ぱらぱら読んでみたら面白そうだったので、そのまま持ってきた。かわりに読み終えた本を何冊か置いてきた」

「『阿部一族』って読んだことないわ。面白い？」

私はその本を読み終え、もう一度読み返していた。話がなかなか面白かったこともあるが、森鷗外がいったい何のために、どのような観点からそんな小説を書いたのか、書かなくてはならなかったのか、うまく理解できなかったということもある。でもそんな説明を始めると話が長くなる。ここは読書クラブではない。それにこの女は二人で自然に会話をするために（少なくともそのように周りの目には映ることを目的として）、目についた適当な話題を持ち出しているだけなのだ。

「読む価値はあると思う」と私は言った。

「何をしている人？」と彼女は尋ねた。

「森鷗外のこと？」

彼女は顔をしかめた。「まさか。森鷗外なんてどうでもいい。あなたのことよ。何をしている人なの？」

「絵を描いている」と私は言った。

「画家」と彼女は言った。

「そう言ってもいいと思う」

「どんな絵を描いているの？」

「肖像画」と私は言った。

「肖像画って、あの、よく会社の社長室の壁に掛かっているような絵のこと？　偉い人が偉そうな顔をしているやつ」

「そうだよ」

「それを専門に描いているわけ？」

私は肯いた。

彼女はもうそれ以上絵の話はしなかった。たぶん興味を失ったのだろう。世の中の大抵の人間は、描かれる人間は別にして、肖像画になんてこれっぽっちも興味を持ってはいない。

そのとき入り口の自動ドアが開いて、中年の長身の男が一人入ってきた。黒い革のジャンパーを着て、ゴルフメーカーのロゴが入った黒いキャップをかぶっていた。彼は入り口に立って店の中をぐるりと見回してから、我々のテーブルから二つ離れた席を選び、こちら向きに座った。帽子を脱ぎ、手のひらで何度か髪を撫《な》で、胸の大きなウェイトレスが持ってきたメニューを子細に眺めた。髪は短く刈り込まれ、白髪が混じっていた。痩《や》せて、まんべんなく日焼けしていた。額には波打つような深い皺《しわ》が寄っていた。

「男が一人入ってきた」と私は彼女に言った。

「どんな男？」

私はその男の外見的特徴を簡単に説明した。

「絵に描ける？」と彼女は尋ねた。

「似顔絵のようなもの？」

「そう。だって画家なんでしょう？」

私はポケットからメモ帳を取りだし、シャープペンシルを使ってその男の顔を素早く描いた。陰翳《いんえい》までつけた。その絵を描きながら、男の方をちらちらと見る必要もなかった。私には人の顔の特徴を一目で素速く捉《とら》え、脳裏に焼き付ける能力が具《そな》わっている。そしてその似顔絵をテーブル越しに彼女に差し出した。彼女はそれを手に取り、目を細め、まるで銀行員が疑わしい小切手の筆跡を鑑定するときのように、長い時間じっと睨んでいた。それからそのメモ用紙をテーブルの上に置いた。

「ずいぶん絵が上手なのね」と彼女は私の顔を見て言った。少なからず感心しているようにも見えた。

「それがぼくの仕事だから」と私は言った。「で、この男は君の知り合いなの？」

彼女は何も言わず、ただ首を横に振った。唇をぎゅっと結んだきり、表情を変えなかった。そして私の描いた絵を四つに折り畳んで、ショルダーバッグにしまった。なぜ彼女がそんなものをとっておくのか、私には理由がよく理解できなかった。丸めて捨ててしまえばいいだけなのに。

「知り合いではない」と彼女は言った。

「でも君はこの男にあとを追われているとか、そういうこと？」

彼女はそれには返事をしなかった。

さっきと同じウェイトレスがチーズケーキとコーヒーを持ってやってきた。女はウェイトレスがいなくなるまでそのまま口を閉ざしていた。それからフォークでチーズケーキを一口分切り取り、皿の上で何度か左右に動かした。アイスホッケーの選手が氷上で試合前の練習をしているみたいに。やがてそのかけらを口に入れ、ゆっくり無表情に咀嚼《そしゃく》した。食べ終えると、コーヒーに少しだけクリームを入れて飲んだ。そしてチーズケーキの皿を脇《わき》に押しやった。もうこれ以上は存在の必要がないというみたいに。

駐車場には白いSUVが新たに加わっていた。ずんぐりとした背の高い車だ。頑丈そうなタイヤがついている。さっき入ってきた男が運転してきた車らしかった。頭から前向きに駐車している。荷室ドアにつけられた予備のタイヤ・ケースには「SUBARU FORESTER」というロゴが入っていた。私は海老カレーを食べ終えた。ウェイトレスがやってきて皿を下げ、私はコーヒーを注文した。

「長く旅行しているの？」と女が尋ねた。

「けっこう長くなる」と私は言った。

「旅行は面白い？」

面白いから旅行をしているわけではない、というのが私にとっての正しい答えだった。しかしそんなことを言い出すと話が長く、ややこしくなってしまう。

「まずまず」と私は答えた。

彼女は珍しい動物でも見るような目で私を正面から見ていた。「すごく短くしか話さない人なのね」

話す相手による、というのが私にとっての正しい答えだった。しかしそんなことを言い出すとまた話が長く、ややこしくなってしまう。

コーヒーが運ばれてきて、私はそれを飲んだ。コーヒーらしい味はしたが、それほどうまいものではなかった。でも少なくともそれはコーヒーだったし、しっかり温かかった。そのあと客は誰も入ってこなかった。革ジャンパーを着た白髪混じりの男は、よく通る声でハンバーグステーキとライスを注文した。

スピーカーからはストリングスの演奏する「フール・オン・ザ・ヒル」が流れていた。その曲を実際に作曲したのがジョン・レノンだったかポール・マッカートニーだったか、どちらか思い出せなかった。たぶんレノンだろう。私はそんなどうでもいいことを考えていた。他に何を考えればいいか、わからなかったからだ。

「車に乗ってきたの？」

「うん」

「どの車？」

「赤いプジョー」

「どこのナンバー？」

「品川」と私は言った。

彼女はそれを聞いて顔をしかめた。まるで品川ナンバーの赤いプジョーに、何かひどく嫌な思い出でもあるみたいに。それからカーディガンの袖《そで》をひっぱって直し、白いブラウスのボタンがきちんと上までかかっていることを確かめた。そして紙ナプキンで唇を軽く拭った。

「行きましょう」と彼女は唐突に言った。

そしてグラスの水を半分飲み、席から起《た》ち上がった。彼女のコーヒーは一口飲まれたまま、チーズケーキは一口囓《かじ》られたまま、テーブルの上に残されていた。まるで何か大きな惨事の現場のように。

どこに行くのかはわからなかったが、私も彼女のあとから起ち上がった。そしてテーブルの上の勘定書を手に取り、レジで代金を払った。女の注文したぶんも一緒になっていたが、彼女はそれに対してとくにありがとうも言わなかった。自分のぶんを払おうという気配もまったく見せなかった。

我々が店を出て行くとき、新しく入ってきた白髪混じりの中年の男は、とくに面白くもなさそうにハンバーグステーキを食べていた。顔を上げて我々の方をちらりと見たが、それだけだった。またすぐ皿に目を戻し、ナイフとフォークを使って、無表情に料理を食べ続けた。女はその男にはまったく目をくれなかった。

白いスバル・フォレスターの前を通り過ぎるとき、リアバンパーに魚の絵を描いたステッカーが貼《は》ってあることに目を止めた。たぶんカジキマグロだろう。どうしてカジキマグロのステッカーを車に貼らなくてはならないのか、その理由はもちろんわからない。漁業関係者なのか、それとも釣り師なのか。

彼女は行く先を言わなかった。助手席に座り、進む道を簡潔に指示するだけだった。彼女はこのあたりの道筋を熟知しているようだった。この町の出身か、あるいはここに長く住んでいるか、どちらかだ。私は指示されるままにプジョーを運転した。街から遠ざかるようにしばらく国道を進むと、派手なネオン・サインのついたラブホテルがあった。私は言われるままにその駐車場に入り、エンジンを切った。

「今日はここに泊まることにする」と彼女は宣言するように言った。「うちに帰ることはできないから。一緒に来て」

「でも今夜はべつのところに泊まることになっているんだ」と私は言った。「チェックインもしたし、荷物も部屋に置いてある」

「どこに？」

私は鉄道駅の近くにある小さなビジネス・ホテルの名前をあげた。

「そんな安ホテルより、こっちの方がずっといいよ」と彼女は言った。「どうせ押し入れくらいの広さしかないしけた部屋でしょ？」

たしかにそのとおりだった。押し入れくらいの広さしかないしけた部屋だ。

「それにこういうところはね、女が一人で来てもなかなか受け付けてくれないの。商売女だと思われて警戒されるから。いいからとにかく一緒に来て」

少なくとも彼女は娼婦《しょうふ》ではないのだ、と私は思った。

私は受付で一泊ぶんの部屋代を前払いし（彼女はそれに対してもやはり感謝の素振りは見せなかった）、鍵《かぎ》を受け取った。部屋に入ると彼女はまず風呂《ふろ》に湯を入れ、テレビのスイッチを入れ、照明を細かく調節した。広々とした浴槽だった。たしかにビジネス・ホテルよりはずっと居心地が良い。女は以前にもここに――あるいはここによく似たところに――何度か来たことがあるように見えた。それからベッドに腰掛けてカーディガンを脱いだ。白いブラウスを脱ぎ、巻きスカートを脱いだ。ストッキングもとった。とても簡素な白い下着を彼女は身につけていた。とくに新しいものでもない。普通の主婦が近所のスーパーマーケットに買い物に行くときに身につけるような下着だ。そして背中に器用に手を回してブラジャーをとり、畳んで枕元《まくらもと》に置いた。乳房はとくに大きくもなく、とくに小さくもなかった。

「いらっしゃいよ」と彼女は私に言った。「せっかくこういうところに来たんだから、セックスをしよう」

それが私がその長い旅行（あるいは放浪）のあいだに持った、唯一《ゆいいつ》の性的な体験だった。思いのほか激しいセックスだった。彼女は全部で四度オーガズムを迎えた。信じてもらえないかもしれないが、どれも間違いなく本物だった。私も二度射精した。でも不思議なことに、私の側にはそれほどの快感はなかった。彼女と交わっているあいだ、私の頭は何か別のことを考えているみたいだった。

「ねえ、あなたひょっとして、ここのところけっこう長くセックスしてなかったんじゃない？」と彼女は私に尋ねた。

「何ヶ月も」と私は正直に答えた。

「わかるよ」と彼女は言った。「でも、どうしてかな？　あなたって、そんなに女の人にモテないようにも見えないんだけど」

「いろいろと事情があるんだ」

「かわいそうに」と女は言って、私の首を優しく撫でた。「かわいそうに」

かわいそうに、と私は頭の中で彼女の言葉を繰り返した。そう言われると、本当に自分がかわいそうな人間であるように思えた。知らない町の、わけのわからない場所で、事情も理解できないまま、名前も知らない女と肌を重ねている。

セックスとセックスの合間に、冷蔵庫のビールを二人で何本か飲んだ。眠ったのはたぶん午前一時頃だろう。翌朝目が覚めたとき、彼女の姿はどこにも見当たらなかった。書き置きのようなものもなかった。私は一人でやけに広いベッドに寝ていた。時計の針は七時半を指して、窓の外はすっかり明るくなっていた。カーテンを開けると海岸線と並行して走る国道が見えた。鮮魚を輸送する大型の冷凍トラックが、大きな音を立ててそこを行き来していた。世の中には空《むな》しいことはたくさんあるが、ラブホテルの部屋で朝に一人で目を覚ますくらい空しいことはそれほど多くないはずだ。

私はふと気になって、ズボンのポケットに入れた財布の中身を点検してみた。中身はそのままそっくり残っていた。現金もクレジット・カードもATMのカードも免許証も。私はほっとした。もし財布をとられたりしたら、途方に暮れてしまうところだった。そしてそういうことが起こる可能性だって、まったくなかったわけではないのだ。用心しなくてはならない。

彼女はたぶん明け方に、私がぐっすり眠っているあいだに、一人で部屋を出て行ったのだろう。しかしどうやって町まで（あるいは彼女の住んでいるところまで）帰ったのだろう？　歩いて帰ったのか、それともタクシーを呼んだのか？　でも私にとってそれはもうどうでもいいことだった。考えてどうなることではない。

受付で部屋の鍵を返し、飲んだビールの代金を支払い、プジョーを運転して町に帰った。駅前のビジネス・ホテルの部屋に置きっぱなしにしたバッグを引き取り、一泊分の勘定を精算しなくてはならない。町に向かう道筋、昨夜入ったファミリー・レストランの前を通りかかった。私はそこで朝食をとることにした。ひどく腹が減っていたし、熱いブラック・コーヒーも飲みたかった。車を駐車スペースに停めようとしたとき、少し先に白いスバル・フォレスターを見かけた。前向きに駐車され、リアバンパーにはやはりカジキマグロのステッカーが貼られている。間違いなく昨夜見かけたのと同じスバル・フォレスターだ。ただ車が停まっているスペースは昨夜とは違っている。当たり前の話だ。こんなところで人がひと晩過ごすわけはない。

私は店の中に入った。店はやはりがらがらだった。予想したとおり、昨夜と同じ男がテーブル席で朝食を食べていた。昨夜とおそらく同じテーブルで、昨夜と同じ黒い革のジャンパーを着ていた。昨夜と同じＹＯＮＥＸのロゴのついた黒いゴルフ・キャップが、テーブルの上に同じように置かれていた。昨夜と違っているのは、テーブルの上に朝刊が畳まれて置かれていることだけだった。彼の前にはトーストとスクランブル・エッグのセットがあった。少し前に運ばれてきたものらしく、コーヒーがまだ湯気を立てていた。私がそばを通りかかったとき、男は顔を上げて私の顔を見た。その目は昨夜見たときよりずっと鋭く、冷たかった。そこには非難の色さえうかがえた。少なくとも私にはそう感じられた。

おまえがどこで何をしていたかおれにはちゃんとわかっているぞ、と彼は告げているようだった。

それが宮城県の海岸沿いの小さな町で私が経験したことの一部始終だ。その鼻の小さな、歯並びのひどくきれいな女が、その夜私に何を求めていたのか、今でもまるで理解できない。そして白いスバル・フォレスターに乗っていた中年男が、果たして彼女のあとを追っていたのか、彼女がその男から逃れようとしていたのか、それもはっきりとしない。しかしとにかく私はたまたまそこに居合わせ、不思議な成り行きによってその初対面の女と派手なラブホテルに入り、一夜かぎりの性的関係を持った。そしてそれは私がこれまでの人生で経験した中で、おそらく最も激しいセックスだった。それなのに私はその町の名前さえ記憶していない。

「ねえ、水を一杯もらえないかな」、人妻のガールフレンドがそう言った。彼女はセックスのあとの短い午睡からついさっき覚めたばかりだった。

我々は昼下がりのベッドの中にいた。彼女が眠っているあいだ、私は天井を見上げながら、その漁港の町で起こった不思議な出来事を思い返していた。まだ半年しか経《た》っていないのに、それはずいぶん遠い昔に起こったことのように私には思えた。

私は台所に行ってミネラル・ウォーターを大きなグラスに入れ、ベッドに戻ってきた。彼女はそれを一口で半分飲んだ。

「で、メンシキさんのことだけど」と彼女はグラスをテーブルの上に置いて言った。

「免色さんのこと？」

「メンシキさんについての新しい情報」と彼女は言った。「あとで話すってさっき言ったでしょう」

「ジャングル通信」

「そう」と彼女は言った。そしてもう一口水を飲んだ。「お友だちのメンシキさんは、話によればけっこう長いあいだ東京拘置所に入れられていたみたいよ」

私は身を起こして彼女の顔を見た。「東京拘置所？」

「そう、小菅《こすげ》にあるやつ」

「しかし、いったいどんな罪状で？」

「うん、詳しいことはよくわからないんだけれど、たぶんお金がらみのことだと思う。脱税か、マネー・ロンダリングか、インサイダー取り引きみたいなことか、あるいはそのすべてか。彼が勾留《こうりゅう》されたのは、六年か七年くらい前のことらしい。メンシキさんはどんな仕事をしているって、自分では言っていた？」

「情報に関連した仕事をしていたと言っていた」と私は言った。「自分で会社を立ち上げ、何年か前にその会社の株を高値で売却した。今はキャピタル・ゲインで暮らしているということだった」

「情報に関連した仕事というのはすごく漠然とした言い方よね。考えてみれば、今の世の中で情報に関連していない仕事なんてほとんど存在しないも同然だもの」

「誰からその拘置所の話を聞いたの？」

「金融関係の仕事をしている夫を持つお友だちから。でもその情報がどこまで本当か、それはわからない。誰かが誰かから聞いた話を、誰かに伝えた。その程度のことかもしれない。でも話の様子からすると、根も葉もない話ではないという気がする」

「東京拘置所に入っていたというと、つまり東京地検に引っ張られたということだ」

「結局は無罪になったみたいだけど」と彼女は言った。「それでもずいぶん長く勾留され、相当に厳しい取り調べを受けたという話よ。勾留期間が何度も延長され、保釈も認められなかった」

「でも裁判では勝った」

「そう、起訴はされたけれど、無事に塀の内側には落ちなかった。取り調べでは完全黙秘を貫いたらしい」

「ぼくの知るかぎり、東京地検は検察のエリートだ。プライドも高い。いったん誰かに目星をつけたら、がちがちに証拠を固めてからしょっぴいて、起訴まで持っていく。裁判に持ち込んでの有罪率もきわめて高い。だから拘置所での取り調べも生半可じゃない。大抵の人間は取り調べのあいだに精神的にへし折られ、相手のいいように調書を書かされ、署名してしまう。その追及をかわして黙秘を貫くというのは、普通の人にはまずできないことだよ」

「でもとにかく、メンシキさんにはそれができたのよ。意志が堅く、頭も切れる」

たしかに免色は普通の人間ではない。意志が堅く、頭も切れる。

「でももうひとつ納得できないな。脱税だろうがマネー・ロンダリングだろうが、東京地検がいったん逮捕に踏み切れば、新聞記事にはなるはずだ。そして免色みたいな珍しい名前であれば、ぼくの頭に残っているはずなんだ。ぼくは少し前までは、わりに熱心に新聞を読んできたから」

「さあ、そこまでは私にもわからない。それからもうひとつ、これはこの前も言ったと思うけど、彼はあの山の上のお屋敷を三年前に買い取った。それもかなり強引にね。それまであの家には別の人が住んでいたんだけど、そしてその人たちには、建てたばかりの家を売るつもりなんてさらさらなかったのだけど、メンシキさんが金を積んで――あるいはもっと違う方法を使って――その家族をしっかり追い出し、そのあとに移り住んだ。たちの悪いヤドカリみたいに」

「ヤドカリは貝の中身を追い出したりはしない。死んだ貝の残した貝殻を穏やかに利用するだけだよ」

「でも、たちの悪いヤドカリだって中にはいないと限らないでしょう？」

「しかしよくわからないな」と私はヤドカリの生態についての論議は避けて言った。

「もしそうだとして、どうして免色さんはあの家にそこまで固執《こしつ》しなくてはならなかったんだろう？　前に住んでいた人を強引に追い出して自分のものにしてしまうくらいに？　そうするにはずいぶん費用もかかるし、手間もかかったはずだ。それにぼくの目から見ると、あの屋敷は彼にはいささか派手すぎるし、目立ちすぎる。あの家はたしかに立派ではあるけれど、彼の好みに添った家とは言えないような気がする」

「そして家としても大きすぎる。メイドも雇わず、一人きりで暮らしていて、お客もほとんど来ないということだし、あんなに広い家に住む必要はないはずよね」

彼女はグラスに残っていた水を飲み干した。そして言った。

「メンシキさんには、あの家でなくてはならない何かの理由があったのかもしれないわね。どんな理由かはわからないけれど」

「いずれにせよ、ぼくは火曜日に彼の家に招待されている。実際にあの家に行ってみれば、もう少しいろんなことがわかるかもしれない」

「青髭公《あおひげこう》の城みたいな、秘密の開かずの部屋をチェックすることも忘れないでね」

「覚えておくよ」と私は言った。

「でも、とりあえずよかったわね」と彼女は言った。

「何が？」

「絵が無事に完成して、メンシキさんがそれを気に入ってくれて、まとまったお金が入ってきたこと」

「そうだね」と私は言った。「そのことはとにかくよかったと思う。ほっとしたよ」

「おめでとう、画伯」と彼女は言った。

ほっとしたというのは嘘《うそ》ではない。絵が完成したことは確かだ。免色がそれを気に入ってくれたことも確かだ。私がその絵に手応えを感じていることも確かだ。その結果、まとまった額の報酬が入ってくることもまた確かだった。にもかかわらず私はなぜか、手放しでことの成り行きを祝賀する気にはなれなかった。あまりにも多くの私を取り巻くものごとが中途半端《はんぱ》なまま、手がかりも与えられないまま放置されていたからだ。私が人生を単純化しようとすればするほど、ものごとはますますあるべき脈絡を失っていくように思えた。

私は手がかりを求めるように、ほとんど無意識に手を伸ばしてガールフレンドの身体を抱いた。彼女の身体は柔らかく、温かかった。そして汗で湿っていた。

おまえがどこで何をしていたかおれにはちゃんとわかっているぞ、と白いスバル・フォレスターの男が言った。

# 20
# 存在と非存在が混じり合っていく瞬間

翌朝の五時半に自然に目が覚めた。日曜日の朝だ。あたりはまだ真っ暗だった。台所で簡単な朝食をとったあと、作業用の服に着替えてスタジオに入った。東の空が白んでくると明かりを消し、窓を大きく開け、ひやりとした新鮮な朝の空気を部屋に入れた。そして新しいキャンバスを取り出し、イーゼルの上に据えた。窓の外からは朝の鳥たちの声が聞こえた。夜のあいだ降り続いた雨がまわりの樹木をたっぷりと濡《ぬ》らせていた。雨はしばらく前に上がり、雲があちこちで輝かしい切れ目を見せ始めていた。私はスツールに腰を下ろし、マグカップの熱いブラック・コーヒーを飲みながら、目の前の何も描かれていないキャンバスをしばらく眺めた。

朝の早い時刻に、まだ何も描かれていない真っ白なキャンバスをただじっと眺めるのが昔から好きだった。私はそれを個人的に「キャンバス禅」と名付けていた。まだ何も描かれていないけれど、そこにあるのは決して空白ではない。その真っ白な画面には、来たるべきものがひっそり姿を隠している。目を凝らすといくつもの可能性がそこにあり、それらがやがてひとつの有効な手がかりへと集約されていく。そのような瞬間が好きだった。存在と非存在が混じり合っていく瞬間だ。

でも今日、自分がこれから何を描くことになるのか、私には最初からわかっていた。このキャンバスの上に私が今から描こうとしているのは、白いスバル・フォレスターに乗っていた中年男の肖像だった。その男は私の中で、私に描かれることを今まで我慢強く待ち受けてきたのだ。そして私は誰のためでもなく（依頼されたからでもなく、生活のためでもなく）、自分自身のために彼のポートレイトを描かなくてはならない。免色のポートレイトを描いたときと同じように、私はその男の存在の意味を——少なくとも私にとっての意味を——浮かび上がらせるために、彼の姿を私なりに描かなくてはならないのだ。なぜかはわからない。しかしそれが私に求められていることだった。

目を閉じ、頭の中に白いスバル・フォレスターの男の姿を呼び起こした。私は彼の顔立ちを細かいところまで鮮明に記憶していた。次の日の朝早く、ファミリー・レストランの座席から彼はまっすぐ私を見上げていた。テーブルの上の朝刊は折り畳まれ、コーヒーは白い湯気を上げていた。大きなガラス窓から差し込む朝の光は眩《まぶ》しく、安物の食器が触れあうかたかたという音が店内に響いていた。そのような光景が私の前にありありと再現されていった。そしてその光景の中で男の顔が表情をもって動き始めた。

おまえがどこで何をしていたかおれにはちゃんとわかっているぞ、と彼の目は語っていた。

今回、私は下描きから始めることにした。私は起ち上がって木炭を手に取り、キャンバスの前に立った。そしてキャンバスの空白の上に男の顔の居場所をつくっていった。いっさいのプランを持たず、何も考えずに、まず一本の縦の線を引いた。そこからすべてが始まっていくはずの、中心をなす一本の線だ。そこにこれから描かれるのは、痩せて日焼けをした一人の男の顔だ。額には深い皺が何本も刻まれている。目は細く、鋭い。遠くの水平線を凝視することに慣れている目だ。空や海の色がそこに染《し》み込んでいる。髪は短く刈り込まれ、まばらに白髪が混じっている。おそらくは寡黙《かもく》で我慢強い男だ。

私はその基本線のまわりに、木炭を使って何本かの補助的な線を加えていった。そこに男の顔の輪郭が起ち上がってくるように。自分の描いた線を数歩下がったところから眺め、訂正を加え、新たな線を描き加えた。大事なのは自分を信じることだ。線の力を信じ、線によって区切られたスペースの力を信じることだ。私が語るのではなく、線とスペースに語らせるのだ。線とスペースが会話を始めれば、やがては色が語り始める。そして平面が立体へと徐々に姿を変えていく。私がやらなくてはならないのは、彼らを励ますことであり、手を貸すことだ。そして何より彼らの邪魔をしないことだ。

その作業が十時半まで続いた。太陽が中空にじわじわと這《は》い上がり、灰色の雲は細かくちぎれて、次々に山の向こうに追い払われていった。樹木の枝はもうその先端から水滴を垂らすのをやめていた。その時点までに仕上がった下絵を、少し離れた場所から、あちこちの角度から眺めてみた。そこには私の記憶している男の顔があった。というか、その顔が宿るべき骨格ができあがっていた。しかし少しばかり線が多すぎるような気がした。うまく刈り込む必要がある。明らかに引き算が必要とされていた。でもそれは明日の話だ。今日の作業はここらで止《や》めておいた方がいい。

私は短くなった木炭を置き、流し台で黒くなった手を洗った。タオルで手を拭《ふ》いているときに、目の前の棚に置かれた古い鈴が目に止まったので、手に取ってみた。試しに鳴らしてみると、音はいやに軽く乾いて、古くさく聞こえた。長い歳月にわたって土の下に置かれていた、謎《なぞ》めいた仏具とは思えなかった。真夜中に響いていた音とはずいぶん違って聞こえる。おそらくは漆黒の闇《やみ》と深い静寂が、その音をより潤《うるお》い深く響かせ、より遠くへと運ぶのだろう。

いったい誰が真夜中にこの鈴を地中で鳴らしていたのか、それはいまだに謎のままに留まっている。穴の底で誰かが鈴を夜ごと鳴らしていたはずなのに（それは何かのメッセージであったはずなのに）、その誰かは姿を消してしまった。穴を開いたとき、そこにあったのはこの鈴ひとつだけだった。わけがわからない。私は鈴をまた棚に戻した。

昼食のあと、私は外に出て裏手の雑木林に入った。厚手の灰色のヨットパーカを着て、あちこちに絵の具のついた作業用のスエットパンツをはいていた。濡れた小径《こみち》を古い祠《ほこら》まで歩き、その裏手にまわった。穴に被《かぶ》せた厚板の蓋《ふた》の上には様々な色合いの、様々なかたちの落ち葉が重なり積もっていた。昨夜の雨にぐっしょりと濡れた落ち葉だ。免色と私が二日前に訪れたあと、蓋に手を触れたものは誰もいないようだ。私はそのことを確かめておきたかったのだ。湿った石の上に腰を下ろし、鳥たちの声を頭上に聞きながら、私は開いた穴のある風景をしばらく眺めていた。

林の静寂の中では、時間が流れ、人生が移ろいゆく音までが聴き取れそうだった。一人の人が去って、別の一人がやってくる。ひとつの思いが去り、別の思いがやってくる。ひとつの形象が去り、別の形象がやってくる。この私自身でさえ、日々の重なりの中で少しずつ崩れては再生されていく。何ひとつ同じ場所には留まらない。そして時間は失われていく。時間は私の背後で、次から次へ死んだ砂となって崩れ、消えていく。私はその穴の前に座って、時間の死んでいく音にただ耳を澄ませていた。

あの穴の底に一人きりで座っているのは、いったいどんな気持ちのするものなのだろう。ふとそう思った。真っ暗な狭い空間に、一人きりで長い時間閉じこめられること。おまけに免色は懐中電灯と梯子《はしご》を自ら放棄した。梯子がなければ、誰かの――具体的に言えば私の――手を借りなければ、一人でそこから抜け出すことはほぼ不可能になる。なぜわざわざ自分をそんな苦境に追い込まなくてはならなかったのだろう？彼は東京拘置所の中で送った孤独な監禁生活と、あの暗い穴の中をひとつに重ねていたのだろうか？　もちろんそんなことは私にはわかりっこない。免色は免色のやり方で、免色の世界を生きているのだ。

それについて私に言えることは、ただひとつしかなかった。私にはとてもそんなことはできないということだ。私は暗くて狭い空間を何より恐れる。もしそんなところに入れられたら、おそらく恐怖のために呼吸ができなくなってしまうだろう。にもかかわらず、私はある意味ではその穴に心を惹《ひ》かれていた。とても惹かれていた。穴がまるで私を手招きしているようにさえ感じられるほど。

私は半時間ばかり穴のそばに腰を下ろしていた。それから立ち上がり、木漏れ日の中を歩いて家に戻った。

午後二時過ぎに雨田政彦から電話がかかってきた。今、用事があって小田原の近くまで来ているのだが、そちらにちょっと寄ってかまわないだろうかということだった。もちろんかまわないと私は言った。雨田に会うのは久しぶりだった。彼は三時前に車を運転してやってきた。手みやげにシングル・モルト・ウィスキーの瓶を持ってきた。私は礼を言ってそれを受け取った。ちょうどウィスキーが切れかけていたところだった。彼はいつものようにスマートな身なりで、髭をきれいに刈り込み、見慣れた鼈甲《べっこう》縁《ぶち》の眼鏡をかけていた。見かけは昔からほとんど変わらない。髪の生え際《ぎわ》が少しずつ後退していくだけだ。

我々は居間に座ってお互いの近況を伝え合った。私は、造園業者が重機を使って雑木林の中の石塚を掘り起こした話をした。そのあとに直径二メートル弱の円形の穴が現れたこと。深さは二メートル八十センチで、まわりを石の壁に囲まれている。格子《こうし》の重い蓋がはめられていたが、その蓋をはずしてみると、中には古い鈴のかたちをした仏具ひとつだけが残されていた。彼は興味深そうにその話を聞いていた。しかし実際にその穴を見てみたいとは言わなかった。鈴を見てみたいとも言わなかった。

「で、それ以来もう鈴の音は夜中に聞こえないんだね？」と彼は尋ねた。

もう聞こえないと私は答えた。

「そいつは何よりだ」と彼は少し安心したように言った。「おれはそういううす気味の悪い話は根っから苦手だからな。得体の知れないものにはできるだけ近寄らないようにしているんだ」

「触らぬ神に祟《たた》りなし」

「そのとおり」と雨田は言った。「とにかくその穴のことはおまえにまかせる。好きにすればいい」

そして私は、自分がとても久しぶりに「絵を描きたい」という気持ちになっていることを彼に話した。二日前、免色に依頼された肖像画を仕上げてから、何かつっかえがとれたような気持ちになっていること。肖像画をモチーフにした、新しいオリジナルのスタイルを自分は摑《つか》みつつあるかもしれない。それは肖像画として描き始められるが、結果的には肖像画とはまったく違ったものになってしまう。にもかかわらず、それは本質的にはポートレイトなのだ。

雨田は免色の絵を見たがったが、それはもう相手に渡してしまったと私が言うと、残念がった。

「だって絵の具もまだ乾いていないだろう？」

「自分で乾かすんだそうだ」と私は言った。「なにしろ一刻も早く自分のものにしたいみたいだった。ぼくが気持ちを変えて、やはり渡したくないと言い出すことを恐れていたのかもしれない」

「ふうん」と彼は感心したように言った。「で、何か新しいものはないのか？」

「今朝から描きはじめたものはある」と私は言った。「でもまだ木炭の下絵の段階だし見てもたぶん何もわからないよ」

「いいよ、それでいいから見せてくれないか？」

私は彼をスタジオに案内し、描きかけの『白いスバル・フォレスターの男』の下絵を見せた。黒い木炭の線だけでできた、ただの粗い骨格だ。雨田はイーゼルの前に腕組みをして立ち、長いあいだむずかしい顔をしてその絵を睨《にら》んでいた。

「面白いな」と彼は少し後で、歯のあいだから絞り出すように言った。

私は黙っていた。

「これからどんなかたちになっていくのか、予測はできないが、確かにこれは誰かのポートレイトに見える。というか、ポートレイトの根っこみたいに見える。土の中の深いところに埋もれている根っこだ」、彼はそう言ってまたしばらく黙り込んだ。

「とても深くて暗いところだ」と彼は続けた。「そしてこの男は――男だよな――何かを怒っているのだろう？ 何を非難しているのだろう？」

「さあ、ぼくにはそこまではわからない」

「おまえにはわからない」と雨田は平板な声で言った。「しかしここには深い怒りと悲しみがある。でも彼はそれを吐き出すことができない。怒りが身体《からだ》の内側で渦まいている」

雨田は大学時代、油絵学科に在籍していたが、正直なところ油絵画家としての腕はあまり褒められたものではなかった。器用ではあるけれど、どこかしら深みに欠けているのだ。そして彼自身もある程度それは認めていた。しかし彼には、他人の絵の良し悪《あ》しを一瞬にして見分ける才能が具わっていた。だから私は昔から自分の描いている絵について何か迷うことがあれば、よく彼の意見を求めたものだ。彼のアドバイスはいつも的確で公正だったし、実際に役に立った。またありがたいことには、彼は嫉《しっ》妬《と》心《しん》や対抗心というものをまったく持ち合わせていなかった。たぶん生まれつきの性格なのだろう。だから私は常に彼の意見をそのまま信用することができた。歯に衣《きぬ》を着せないところがあったが、裏はないから、たとえこっぴどくこきおろされても不思議に腹は立たなかった。

「この絵が完成したら、誰かに渡す前に、少しだけでいいからおれに見せてくれないか？」と彼は絵から目を離さずに言った。

「いいよ」と私は言った。「今回は誰かに頼まれて描いているわけじゃない。自分のために好きに描いているだけだ。誰かに手渡すような予定もない」

「自分の絵を描きたくなったんだね？」

「そうみたいだ」

「これはポートレイトだが、肖像画じゃない」

私は肯《うなず》いた。「たぶんそういう言い方もできると思う」

「そしておまえは……何か新しい行き先を見つけつつあるのかもしれない」

「ぼくもそう思いたい」と私は言った。

「このあいだユズに会ったよ」と雨田は帰り際に言った。「たまたま会って、それで三十分ほど話をした」

私は肯いただけで何も言わなかった。何をどのように言えばいいのかわからなかったからだ。

「彼女は元気そうだった。おまえの話はほとんど出なかった。お互いにその話になるのをなんとなく避けているみたいに。わかるだろ、そういう感じって。でも最後におまえのことを少し訊《き》かれた。何をしているかとか、そんなことだよ。絵を描いているみたいだと言っておいた。どんな絵かはわからないけれど、一人で山の上に籠《こ》もって何かを描いているんだと」

「とにかく生きてはいるよ」と私は言った。

雨田はユズについて更に何かを語りたそうな様子だったが、結局思い直して口をつぐみ、何も言わなかった。ユズは昔から雨田に好意を持っていたし、いろんなことを彼に相談していたようだ。たぶん私とのあいだに関することを。ちょうど私が絵のことで雨田によく相談していたのと同じように。しかし雨田は私には何も語らなかった。そういう男なのだ。人からいろんな相談をされる。でもその内容は彼の中に溜《た》まるだけだ。雨水が樋《とい》を伝って用水桶《おけ》に溜まるみたいに。そこからよそには出ていかない。桶の縁から溢《あふ》れてこぼれ出ることもない。たぶん必要に応じて適切な水量調整がおこなわれるのだろう。

雨田自身はたぶん誰にも悩みを相談したりしないのだろう。自分が高名な日本画家の息子でありながら、そして美大にまで進みながら、画家としての才能にさして恵まれなかったことについて、おそらくいろいろと思うところがあったはずだ。言いたいこともあったはずだ。しかし長い付き合いの中で、彼が何かについて愚痴をこぼすのを耳にしたことは思い出せる限り一度もなかった。そういうタイプの男だった。

「ユズにはたぶん恋人がいたのだと思う」、私は思い切ってそう言った。「結婚生活の最後の頃には、もうぼくとは性的な関係を持たないようになっていた。もっと早くそれに気がつくべきだったんだ」

私がそんなことを誰かに打ち明けるのは初めてだった。それは私が一人で心に抱え込んできたことだった。

「そうか」とだけ雨田は言った。

「でもそれくらい君だってちゃんと知っていたんだろう?」

雨田はそれには返事をしなかった。

「違うのか？」と私は重ねて尋ねた。

「人にはできることなら知らないでいた方がいいこともあるだろう。おれに言えるのはそれくらいだ」

「しかし、知っていても知らなくても、やってくる結果は同じようなものだよ。遅いか早いか、突然か突然じゃないか、ノックの音が大きいか小さいか、それくらいの違いしかない」

雨田はため息をついた。「そうだな、おまえの言うとおりかもしれない。知っていても知らずにいても、出てきた結果は同じようなものかもしれない。しかしそれでもやはり、おれの口から言えないことだってあるさ」

私は黙っていた。

彼は言った。「たとえどんな結果が出てくるにせよ、ものごとには必ず良い面と悪い面がある。ユズと別れたことは、おまえにとってずいぶんきつい体験だったと思う。それはほんとに気の毒だったと思う。でもその結果、ようやくおまえは自分の絵を描き始めた。自分のスタイルらしきものを見出《みいだ》すようになった。それは考えようによってはものごとの良き面じゃないか？」

たしかにそうかもしれないと私は思った。もしユズと別れなければ――というかユズが私から去っていかなければ――私は今でも生活のためにありきたりの、約束通りの肖像画を描き続けていたことだろう。しかしそれは私が自らおこなった選択ではなかった。それが重要なポイントなのだ。

「良い面を見るようにしろよ」と帰り際に雨田は言った。「つまらん忠告かもしれないが、どうせ同じ通りを歩くのなら、日当たりの良い側を歩いた方がいいじゃないか」

「そしてコップにはまだ十六分の一も水が残っている」

雨田は声をあげて笑った。「おれはそういうおまえのユーモアの感覚が好きだよ」

私はユーモアのつもりで言ったわけではなかったが、それについてはあえて何も言わなかった。

雨田はしばらく黙り込んでいた。それから言った。「おまえはユズのことがまだ好きなんだな？」

「彼女のことを忘れなくちゃいけないとは思っても、心がくっついたまま離れてくれない。なぜかそうなってしまっている」

「ほかの女と寝たりはしないのか？」

「ほかの女と寝ていても、その女とぼくとの間にはいつもユズがいる」

「そいつは困ったな」と彼は言った。そして指先で額をごしごしと撫《な》でた。本当に困っているように見えた。

それから彼は車を運転して帰って行った。

「ウィスキーをありがとう」と私は礼を言った。まだ五時前だったが、空はずいぶん暗くなっていた。日ごとに夜が長くなっていく季節だった。

「本当は一緒に飲みたいところだが、なにしろ運転があるものでね」と彼は言った。

「そのうちに二人でゆっくり腰を据えて飲もう。久しぶりにな」

そのうちに、と私は言った。

人には知らないでいた方がいいこともあるだろう、と雨田は言った。そうかもしれない。人には聞かないでいた方がいいこともあるのだろう。しかし人は永遠にそれを聞かないままでいるわけにはいかない。時が来れば、たとえしっかり両方の耳を塞《ふさ》いでいたところで、音は空気を震わせ人の心に食い込んでくる。それを防ぐことはできない。もしそれが嫌なら真空の世界に行くしかない。

目が覚めたのは真夜中だった。私は手探りで枕元の明かりをつけ、時計に目をやった。ディジタル時計の数字は１：35だった。鈴が鳴っているのが聞こえた。間違いなくあの、、鈴だ。私は身体を起こし、その音のする方向に耳を澄ませた。

鈴は再び鳴り始めたのだ。誰かが夜の闇の中でそれを鳴らしている——それも前よりもっと大きく、もっと鮮明な音で。

# 21 小さくはあるが、切ればちゃんと血が出る

私はベッドの上にまっすぐ身を起こし、夜中の暗闇の中で、息を殺して鈴の音に耳を澄ませた。いったいどこからこの音は聞こえてくるのだろう？　鈴の音は以前に比べてより大きく、より鮮明になっている。間違いなく。そして聞こえてくる方向も前とは異なっている。

鈴はこの家の中で鳴らされているのだ、私はそう判断した。そうとしか考えられない。それから前後が乱れた記憶の中で、その鈴が何日か前からスタジオの棚に置きっ放しになっていたことを思い出した。あの穴を開いて鈴を見つけたあと、私が自分の手でその棚の上に置いたのだ。

鈴の音はスタジオの中から聞こえている。疑いの余地はない。

しかしどうすればいいのだろう？　私の頭はひどくかき乱されていた。恐怖心はもちろんあった。この家の中で、このひとつ屋根の下で、わけのわからないことが持ち上がっている。時刻は真夜中で、場所は孤立した山の中、しかも私はまったくの一人ぼっちだ。恐怖を感じないでいられるわけがない。しかしあとになって考えると、その時点では混乱の方が恐怖心をいくぶん上回っていたと思う。人間の頭というのはたぶんそのように作られているのだろう。激しい恐怖心や苦痛を消すために、あるいは軽減させるために、手持ちの感情や感覚が根こそぎ動員される。火事場で、水を入れるためのあらゆる容器が持ち出されるのと同じように。

私は頭を可能な限り整理し、とりあえず自分がとるべきいくつかの方法について考えを巡らせた。このまま頭から布団《ふとん》をかぶって眠ってしまうという選択肢もあった。雨田政彦が言ったように、わけのわからないものとはとにかく関わり合いにならないでおくというやり方だ。思考のスイッチをオフにして、何も見ないように何も聞かないようにする。しかし問題点は、とても眠ることなんかできないというところにあった。布団をかぶって耳を閉ざしたところで、思考のスイッチを切ったところで、これほどはっきりと聞こえる鈴の音を無視することは不可能だ。なにしろそれはこの家の中で鳴らされているのだから。

鈴はいつものように断続的に鳴らされていた。それは何度か打ち振られ、しばしの沈黙の間をとって、それからまた何度か振られた。間に置かれた沈黙は均一ではなく、そのたびにいくらか短くなったり長くなったりした。その不均一さには、妙に人間的なものが感じられた。鈴はひとりでに鳴っているのではない。何かの仕掛けを使って鳴らされているのでもない。誰かがそれを手に持って鳴らしているのだ。おそらくはそこになんらかのメッセージを込めて。

逃げ続けることができないのなら、思い切ってことの真相を見定めるしかあるまい。こんなことが毎晩続いたら私の眠りはずたずたにされてしまうし、まともな生活を送ることもできなくなってしまう。それならこちらから出向いて、スタジオで何が持ち上がっているのか見届けてやろう。そこには腹立ちの気持ちもあった（なぜ私がこんな目にあわなくちゃならないんだ？）。それからもちろんいくぶんかの好奇心もあった。いったいここで何が起こっているのか、それを自分の目でつきとめてみたかった。

ベッドから出て、パジャマの上にカーディガンを羽織った。そして懐中電灯を手に玄関に行った。玄関で私は、雨田具彦が傘立てに残していった、暗い色合いの樫《かし》材のステッキを右手に取った。がっしりと重みのあるステッキだ。そんなものが何か現実の役に立つとは思えなかったが、手ぶらでいるよりは何かを手に握っていた方が心強かった。何が起こるかは誰にもわからないのだから。

言うまでもなく私は怯《おび》えていた。裸足《はだし》で歩いていたが、足の裏にはほとんど感覚がなかった。身体がひどくこわばって、身体を動かすたびにすべての骨の軋《きし》みが聞こえてきそうだった。おそらくこの家の中に誰かが入り込んでいる。そしてその誰かが鈴を鳴らしている。それはあの穴の底で鈴を鳴らしていたのとおそらく同じ人物だろう。それが誰なのか、あるいはどんなものなのか、私には予測もつかない。ミイラだろうか？　もし私がスタジオに足を踏み入れて、そこでもしミイラが——ビーフジャーキーのような色合いの肌をしたひからびた男が——鈴を振っている姿を目にしたら、いったいどのように対処すればいいのだろう？　雨田具彦のステッキを振るって、ミイラを思い切り打ち据えればいいのか？

まさか、と私は思った。そんなことはできない。ミイラはたぶん即身仏なのだ。ゾンビとは違う。

じゃあ、いったいどうすればいいのか？　私の混乱はまだ続いていた。というか、その混乱はますますひどいものになっていった。もし何かしら有効な手を打てないのだとしたら、私はこれから先ずっと、そのミイラとともにこの家に暮らすことになるのだろうか？　毎晩同じ時刻にこの鈴の音を聞かされることになるのだろうか？

私はふと免色のことを考えた。だいたいあの男が余計なことをするから、こんな面倒な事態がもたらされたのではないか。重機まで持ち出して石塚をどかせ、謎めいた穴を開いてしまったから、その結果あの鈴と共に正体のわからないものがこの家の中に入り込んでしまったのだ。私は免色に電話をかけてみることを考えた。こんな時刻であっても、彼はたぶんジャガーを運転してすぐに駆けつけてくれるだろう。しかし結局思い直してやめた。免色が支度をしてやって来るのを待っている余裕はない。それは私が今ここで、何とかしなくてはならないことなのだ。それは私が、私の責任においてやらなくてはならないことなのだ。

私は思い切って居間に足を踏み入れ、部屋の明かりをつけた。明かりをつけても鈴の音は変わらず鳴り続けていた。そしてその音は間違いなく、スタジオに通じるドアの向こう側から聞こえてきた。私はステッキを右手にしっかりと握りなおし、足音を殺して広い居間を横切り、スタジオに通じるドアのノブに手を掛けた。それから大きく深呼吸をし、心を決めてドアノブを回した。私がドアを押し開けるのと同時に、それを待っていたかのように鈴の音がぴたりと止んだ。深い沈黙が降りた。

スタジオの中は真っ暗だった。何も見えない。私は手を左側の壁に伸ばして、手探りで照明のスイッチを入れた。天井のペンダント照明がついて、部屋の中がさっと明るくなった。何かあればすぐに対応できるように、両脚を肩幅に広げて戸口に立ち、右手にステッキを握ったまま、部屋の中を素速く見渡した。緊張のあまり喉《のど》がからからに渇いていた。うまく唾《つば》を飲み込むこともできないほどだ。

スタジオの中には誰もいなかった。鈴を振っているひからびたミイラの姿はなかった。何の姿もなかった。部屋の真ん中にイーゼルがぽつんと立っていて、そこにキャンバスが置かれていた。イーゼルの前に三本脚の古い木製のスツールがある。それだけだ。スタジオは無人だった。虫の声ひとつ聞こえない。風もない。窓には白いカーテンがかかり、すべてが異様なくらいしんと静まりかえっていた。ステッキを握った右手が、緊張のために微《かす》かに震えているのが感じられた。震えに合わせてステッキの先が床に触れて、かたかたという乾いた不揃《ふぞろ》いな音を立てた。

鈴はやはり棚の上に置かれていた。私は棚の前に行って、その鈴を子細に眺めてみた。手にはとらなかったが、鈴には変わったところは何も見当たらなかった。その日の昼前に私が手にとって棚に戻したときのまま、位置を変えられた形跡もない。

私はイーゼルの前の丸いスツールに腰掛け、もう一度部屋の中を三百六十度ぐるりと見回してみた。隅から隅まで注意深く。やはり誰もいない。日々見慣れたスタジオの風景だ。キャンバスの絵も私が描きかけたままになっている。『白いスバル・フォレスターの男』の下絵だ。

私は棚の上の目覚まし時計に目をやった。時刻は午前二時ちょうどだった。鈴の音で目を覚ましたのがたしか一時三十五分だったから、二十五分ほどが経過したことになる。でもそれほどの時間が経《た》ったという感覚が私の中にはなかった。まだほんの五、六分しか経っていないように感じられた。時間の感覚がおかしくなっている。それとも時間の流れがおかしくなっている。そのどちらかだ。

私はあきらめてスツールから降り、スタジオの明かりを消し、そこを出てドアを閉めた。閉めたドアの前に立ってしばらく耳を澄ませていたが、もう鈴の音は聞こえなかった。何の音も聞こえなかった。ただ沈黙が聞こえるだけだ。沈黙が聞こえる——それは言葉の遊びではない。孤立した山の上では、沈黙にも音はあるのだ。私はスタジオに通じるドアの前で、しばらくその音に耳を澄ませていた。

そのとき私は、居間のソファの上に何か見慣れないものがあることにふと気づいた。クッションか人形か、その程度の大きさのものだ。しかしそんなものをそこに置いた記憶はなかった。目をこらしてよく見ると、それはクッションでもなく人形でもなかった。生きている小さな人間だった。身長はたぶん六十センチばかりだろう。その小さな人間は、白い奇妙な衣服を身にまとっていた。そしてもぞもぞと身体を動かしていた。まるで衣服が身体にうまく馴染《なじ》まないみたいに、いかにも居心地悪そうに。その衣服には見覚えがあった。古風な伝統的な衣裳《いしょう》だ。日本の古い時代に位の高い人々が着ていたような衣服。衣服だけではなく、その人物の顔にも見覚えがあった。

騎士団長だ、と私は思った。

私の身体は芯《しん》から冷たくなった。まるで拳《こぶし》くらいの大きさの氷の塊が、背筋をじりじりと這い上ってくるみたいに。雨田具彦が『騎士団長殺し』という絵の中に描いた「騎士団長」が、私の家の――いや、正確に言えば雨田具彦の家だ――居間のソファに腰掛けて、まっすぐ私の顔を見ているのだ。その小さな男はあの絵の中とまったく同じ身なりをして、同じ顔をしていた。絵の中からそのまま抜け出してきたみたいに。

あの絵は今どこにあるんだっけ？　私はそれを思い出そうと努めた。ああ、絵はもちろん客用の寝室にある。うちを訪れる人に見られると面倒なことになるかもしれないから、人目につかないように茶色の和紙で包んでそこに隠しておいたのだ。もしこの男がその絵から抜け出してきたのだとしたら、今あの絵はいったいどうなっているのだろう？　画面から騎士団長の姿だけが消滅してしまっているのだろうか？

しかし絵の中に描かれた人物がそこから抜け出してくるなんてことが可能なのだろうか？　もちろん不可能だ。あり得ない話だ。そんなことはわかりきっている。誰がどう考えたって……。

私はそこに立ちすくみ、論理の筋道を見失い、あてもない考えを巡らせながら、ソファに腰掛けている騎士団長を見つめていた。時間が一時的に進行を止めてしまったようだった。時間はそこで行ったり来たりしながら、私の混乱が収まるのをじっと待っているらしかった。私はとにかくその異様な――異界からやってきたとしか思えない――人物から目を離すことができなくなっていた。騎士団長もまたソファの上からじっと私を見上げていた。私は言葉もなくただ黙り込んでいた。たぶんあまりにも驚きすぎていたためだろう。その男から目を逸《そ》らさず、口を小さく開けて静かに呼吸を続ける以外に、私にできることは何もなかった。

騎士団長もやはり私から目を逸らさず、言葉も発しなかった。唇はまっすぐ結ばれていた。そしてソファの上に短い脚をまっすぐ投げ出していた。背もたれに背をもたせかけていたが、頭は背もたれのてっぺんにも届いていなかった。足には奇妙なかたちの小さな靴を履いていた。靴は黒い革のようなものでできている。先が尖《とが》って、上を向いている。腰には柄《つか》に飾りのついた長剣を帯びていた。長剣とは言っても、身体に合ったサイズのものだから、実際の大きさからすれば短刀に近い。しかしそれはもちろん凶器になりうるはずだ。もしそれが本物の剣であるのなら。

「ああ、本物の剣だぜ」と騎士団長は私の心を読んだように言った。小さな身体のわりによく通る声だった。「小さくはあるが、切ればちゃんと血が出る」

私はそれでもまだ黙っていた。言葉は出てこなかった。まず最初に思ったのは、この男はちゃんとしゃべれるんだということだった。次に思ったのは、この男はずいぶん不思議なしゃべり方をするということだった。それは「普通の人間はまずこのようにはしゃべらない」という種類のしゃべり方だった。しかし考えてみれば、絵からそのまま抜け出してきた身長六十センチの騎士団長がそもそも「普通の人間」であるわけはないのだ。だから彼がどんなしゃべり方をしたところで、驚くにはあたらないはずだ。

「雨田具彦の『騎士団長殺し』の中では、あたしは剣を胸に突き立てられて、あわれに死にかけておった」と騎士団長は言った。「諸君もよく知ってのとおりだ。しかし今のあたしには傷はあらない。ほら、あらないだろう？　だらだら血を流しながら歩き回るのは、あたしとしてもいささか面倒だし、諸君にもさぞや迷惑だろうと思うたんだ。絨毯《じゅうたん》や家具を血で汚されても困るだろう。だからリアリティーはひとまず棚上げにして、刺され傷は抜きにしたのだよ。『騎士団長殺し』から『殺し』を抜いたのが、このあたしだ。もし呼び名が必要であるなら、騎士団長と呼んでくれてかまわない」

騎士団長は奇妙なしゃべり方をするわりに、話をするのは決して不得意ではないようだった。むしろ饒舌《じょうぜつ》と言っていいかもしれない。しかし私の方は相変わらず一言も言葉を発することができなかった。現実と非現実が私の中で、まだうまく折り合いをつけられずにいた。

「そろそろそのステッキを置いたらどうだね？」と騎士団長は言った。「あたしと諸君とでこれから果たし合いをするわけでもなかろうに」

自分の右手に目をやった。その手はまだしっかりと雨田具彦のステッキを握りしめていた。私はそれを手から放した。樫材の杖《つえ》は鈍い音を立てて絨毯の上を転がった。

「あたしは何も絵の中から抜け出してきたわけではあらないよ」と騎士団長はまた私の心を読んで言った。「あの絵は——なかなか興味深い絵だが——今でもあの絵のままになっている。騎士団長はしっかりあの絵の中で殺されかけておるよ。心の臓から盛大に血を流してな。あたしはただあの人物の姿かたちをとりあえず借用しただけだ。こうして諸君と向かい合うためには、何かしらの姿かたちは必要だからね。だからあの騎士団長の形体を便宜上拝借《べんぎじょう》したのだ。それくらいかまわんだろうね」

私はまだ黙っていた。

「かまうもかまわないもあらないよな。雨田先生はもうおぼろで平和な世界に移行してしまっておられるし、騎士団長だって商標登録とかされているわけじゃあらない。ミッキーマウスやらポカホンタスの格好をしたりしたら、ウォルト・ディズニー社からさぞかしねんごろに高額訴訟されそうだが、騎士団長ならそれもあるまい」

そう言って騎士団長は肩を揺すって楽しげに笑った。

「あたしとしては、ミイラの姿でもべつによかったのだが、真夜中に突然ミイラの格好をしたものが出てきたりすると、諸君としてもたいそう気味が悪かろうと思うたんだ。ひからびたビーフジャーキーの塊みたいなのが、真っ暗な中でしゃらしゃらと鈴を振っているのを目にしたら、人は心臓麻痺《まひ》だって起こしかねないじゃないか」

私はほとんど反射的に肯いた。たしかにミイラよりは騎士団長の方が遥《はる》かにましだ。もし相手がミイラだったら、本当に心臓麻痺を起こしていたかもしれない。というか、暗闇の中で鈴を振っているミッキーマウスやポカホンタスだって、ずいぶん気味悪かったに違いない。飛鳥《あすか》時代の衣裳を身にまとった騎士団長は、まだしもまともな選択だったかもしれない。

「あなたは霊のようなものなのですか？」と私は思いきって尋ねてみた。私の声は病み上がりの人の出す声のように、堅くしゃがれていた。

「良い質問だ」と騎士団長は言った。そして小さな白い人差し指を一本立てた。「とても良い質問だぜ、諸君。あたしとは何か？　しかるに今はとりあえず騎士団長だ。騎士団長以外の何ものでもあらない。しかしもちろんそれは仮の姿だ。次に何になっているかはわからん。じゃあ、あたしはそもそも何なのか？　ていうか、諸君とはいったい何なのだ？　諸君はそうして諸君の姿かたちをとっておるが、そもそもはいったい何なのだ？　そんなことを急に問われたら、諸君にしたってずいぶん戸惑うだろうが。あたしの場合もそれと同じことだ」

「あなたはどんな姿かたちをとることもできるのですか？」、私は質問した。

「いや、それほど簡単ではあらない。あたしがとることのできる姿かたちは、けっこう限られておるのだ。どんなものにでもなれるというわけではない。手みじかに言えば、ワードローブには制限があるということだ。必然性のない姿かたちをとることはできないようになっておる。そして今回あたしが選ぶことのできた姿かたちは、このちんちくりんの騎士団長くらいのものだった。絵のサイズからして、どうしてもこういう身長になってしまうのだ。しかしこの衣裳はいかにも着づらいぜ」

彼はそう言って、白い衣裳の中で身体をもぞもぞとさせた。

「で、諸君のさっきの質問にたち戻るわけだが、あたしは霊なのか？　いやいや、ちがうね、諸君。あたしは霊ではあらない。あたしはただのイデアだ。霊というのは基本的に神通自在《じんずうじざい》なものであるが、あたしはそうじゃない。いろんな制限を受けて存在している」

質問はたくさんあった。というか、あるはずだった。しかし私にはなぜかひとつも思いつけなかった。なぜ私は単数であるはずなのに、「諸君」と呼ばれるのだろう？　しかしそれはあくまで些細《ささい》な疑問だ。わざわざ尋ねるほどのことでもない。あるいは「イデア」の世界には二人称単数というものはもともと存在しないのかもしれない。

「制限はいろいろとまめやかにある」と騎士団長は言った。「たとえばあたしは一日のうちで限られた時間しか形体化することができない。あたしはいぶかしい真夜中が好きなので、だいたい午前一時半から二時半のあいだに形体化することにしておる。明るい時間に形体化すると疲労が高まるのだ。形体化していないあとの時間は、無形のイデアとしてそこかしこ休んでおる。屋根裏のみみずくのようにな。それから、あたしは招かれないところには行けない体質になっている。しかるに諸君が穴を開き、この鈴を持ち運んできてくれたおかげで、あたしはこの家に入ることができた」

「あなたはあの穴の底にずっと閉じ込められていたのですか？」と私は尋ねてみた。私の声はかなりましにはなっていたが、まだいくぶんしゃがれていた。

「わからん。あたしにはもともと、正確な意味での記憶というものがあらない。しかしあたしがあの穴の中に閉じ込められていたというのは、なにがしかの事実ではある。あたしはあの穴の中にいて、何らかの理由によってそこから出ることができなかった。しかしあそこに閉じ込められてとくに不自由、ということもあらなかった。あたしは何万年、狭くて暗い穴の底に閉じ込められていたところで、不自由も苦痛も感じないようにできておるんだ。しかしあそこから出してくれたことに関しては、諸君にしかるべく感謝しておるよ。そりゃ、自由でないよりは自由である方がよほど面白いわけだからな。言うまでもなく。そしてあの免色という男にも感謝しておる。彼の尽力がなければ、穴を開くことはできなかったはずだ」

私は肯いた。「そのとおりです」

「あたしはたぶんその気配のようなものをひしひしと感じ取ったのであろう。あの穴が開放されるかもしれないという可能性をな。そしてこう思いなしたのだ。よし、今が時だと」

「だから少し前から夜中に鈴を鳴らし始めた」

「そのとおり。そして穴は大きく開かれた。おまけに免色氏はご親切にもあたしを夕食会にまで招待してくれよった」

私はもう一度肯いた。免色はたしかに騎士団長を――免色はそのときはミイラという言葉を用いたが――火曜日の夕食に招待した。ドン・ジョバンニが騎士団長の彫像を夕食に招待したことにならって。彼としてはたぶん軽い冗談のようなものだったのだろうが、それは今ではもう冗談ではなくなってしまった。

「あたしは食物はいっさい口にしない」と騎士団長は言った。「酒も飲まない。だいいち消化器もついておらんしね。つまらんといえばつまらん話だ。せっかくの立派なご馳走《ちそう》なのにな。しかし招待は謹《つつし》んでお受けしよう。イデアが誰かに夕食に呼ばれるなんて、そうはあらないことだからな」

それがその夜の、騎士団長の最後の言葉になった。そう言い終えると彼は急に黙り込み、ひっそり両目を閉じた。瞑想《めいそう》の世界にじわじわと入り込んでいくみたいに。目を閉じると、騎士団長はずいぶん内省的な顔立ちになった。身体もまったく動かなくなった。やがて騎士団長の姿は急速に薄れ、輪郭もどんどん不明確になっていった。そしてその数秒後にはすっかり消滅してしまった。私は反射的に時計に目をやった。

午前二時十五分だった。おそらく「形体化」の制限時間がそこで終了したのだろう。私はソファのところに行って、騎士団長が腰掛けていた部分に手を触れてみた。私の手は何も感じなかった。温かみもなく、へこみもない。誰かがそこに腰掛けていた形跡はまったく残っていなかった。おそらくイデアは体温も重みも持たないのだろう。その姿かたちはただのかりそめの形象に過ぎないのだ。私はその隣に腰を下ろし、息を深く吸い込んだ。そして両手でごしごしと顔をこすった。

すべてが夢の中で起こった出来事のように思えた。私はただ長く生々しい夢を見ていたのだ。というか、この世界は今もまだ夢の延長なのだ。私は夢の中に閉じ込められてしまっている。そういう気がした。しかしそれが夢でないことは、自分でもよくわかっていた。これはあるいは現実ではないかもしれない。しかし夢でもないのだ。私と免色は二人で、あの奇妙な穴の底から騎士団長を――あるいは騎士団長の姿かたちをとったイデアを――解きはなってしまったのだ。そして騎士団長は今ではこの家の中に住み着いている。屋根裏のあのみみずくと同じように。それが何を意味しているのか私にはわからない。それがどんな結果をもたらすことになるのかもわからない。

私は立ち上がり、床に落とした雨田具彦の樫材のステッキを拾い上げ、居間の明かりを消し、寝室に戻った。あたりは静かだった。物音ひとつ聞こえない。私はカーデイガンを脱ぎ、パジャマ姿でベッドの中に入り、これからどうすればいいのかを考えた。騎士団長は火曜日に免色の家に行くつもりでいる。免色が彼を夕食に招待したからだ。そこでいったい何が持ち上がるのだろう？　それについて考えれば考えるほど、私の頭は脚の長さの揃っていない食卓のように、落ち着きを失っていった。

でもそのうちに私はひどく眠くなってきた。私の頭はすべての機能を動員して、なんとか私を眠りに就かせようとしているみたいだった。筋の通らない混乱した現実から、私をむりやりもぎ離すべく。そして私はそれに抵抗することができなかった。ほどなく私は眠りに就いた。眠り込む前にふとみみずくのことを考えた。みみずくはどうしているだろう？

眠るのだ、諸君、と騎士団長が私の耳元で囁《ささや》いたような気がした。

しかしそれはたぶん夢の一部だったのだろう。

## 22

# 招待はまだちゃんと生きています

翌日は月曜日だった。目が覚めたとき、ディジタル時計は6：35を表示していた。私はベッドの上に身を起こし、その数時間前、真夜中のスタジオで起こった出来事を頭の中に再現した。そこで鳴らされていた鈴、ミニチュアの騎士団長、彼とのあいだに持たれた奇妙な会話。それらのすべては夢だったのだと私は思いたかった。とても長いリアルな夢を私は見たのだ。それだけのことなのだと。そして明るい朝の光の下では、実際にそれは夢の中で起こった出来事としか思えなかった。私は出来事のあらゆる部分を克明に記憶していたが、それら細部についてひとつひとつ検証すればするほど、何もかもが現実から何光年も離れた世界の出来事のように見えた。

しかし、それをただの夢だと思い込もうとどれだけ努めても、それが夢ではないことは私にはわかっていた。これはあるいは現実ではないかもしれない、しかし夢でもないのだ、と。何であるのかはわからないが、それはとにかく夢ではない。夢とは別のなりたちの何かなのだ。

私はベッドから出て、雨田具彦の『騎士団長殺し』を包んでおいた和紙を取り、その絵をスタジオに持って行った。そしてそこの壁に吊《つる》し、スツールに腰掛けて長いあいだその絵を正面から見つめた。騎士団長が昨夜言ったとおり、絵には何ひとつ変わりはなかった。騎士団長がそこから抜け出して、この世界に現れたわけではないのだ。絵の中では騎士団長は相変わらず胸に剣を突き立てられ、心臓から血を流して死にかけていた。彼は宙を見上げ、開いた口を歪《ゆが》めていた。苦悶《くもん》の呻《うめ》きを発しているのかもしれない。彼の髪型も、着ている衣服も、手にしている長剣も、黒い奇妙な靴も、昨夜ここに現れた騎士団長の姿そのままだった。いや、話の順序から言えば――時系列的に言えば――もちろんあの騎士団長の方が、絵の中の騎士団長の風体を精密に真似《まね》たわけなのだが。

雨田具彦が日本画の筆と顔料で描きあげた架空の人物が、そのまま実体をとって現実（あるいは現実に似たもの）の中に現れ、意志を持って立体的に動きまわるというのは、まさに驚くべきことだった。しかしじっと絵を見ているうちにだんだん、それが決して無理なことではないように、私には思えてきた。おそらくそれだけ、雨田具彦の筆致が鮮やかに生きているということなのだろう。現実と非現実、平面と立体、実体と表象のはざまが、見ればみるほど不明確になってくるのだ。ファン・ゴッホの描く郵便配達夫の姿が、決してリアルではないのに、見ればみるほど鮮やかに息づいて見えるのと同じだ。彼の描くカラスが、ただの荒っぽい黒い線に過ぎないのに、本当に空を飛んでいるように見えるのと同じだ。『騎士団長殺し』という絵を眺めながら、私はあらためて雨田具彦の画家としての才能と力量に敬服しないわけにはいかなかった。おそらくあの騎士団長も（というか、あのイデアも）、この絵の素晴らしさ、力強さを認めたからこそ、画中の騎士団長の姿かたちを「借用する」ことにしたのだろう。ヤドカリができるだけ美しい丈夫な貝を住まいとして選ぶように。

雨田具彦の『騎士団長殺し』を十分ばかり眺めてから、台所に行ってコーヒーをつくり、ラジオの定時ニュースを聞きながら簡単な朝食をとった。意味のあるニュースはひとつもなかった。というか今では日々のすべてのニュースは、私にとってほとんど意味のないものになっていた。しかしとりあえず、毎朝ラジオの七時のニュースに耳を傾けることを、私は生活の一部にしていた。たとえば地球が今まさに破滅の淵《ふち》にあるというのに、私だけがそれを知らないでいるとなれば、それはやはり少し困ったことになるかもしれない。

朝食を済ませ、地球がそれなりの問題を抱えながらも、まだ律儀《りちぎ》に回転を続けていることをとりあえず確認してから、コーヒーを入れたマグカップを手にスタジオに戻った。窓のカーテンを開け、新しい空気を部屋に入れた。そしてキャンバスの前に立ち、自分自身の画作に取りかかった。「騎士団長」の出現が現実であろうがなかろうが、免色の夕食に彼が出席しようがするまいが、私としてはとにかく自分のなすべき仕事を進めていくしかない。

私は意識を集中し、白いスバル・フォレスターに乗った中年男の姿を眼前に浮かび上がらせた。ファミリー・レストランの彼のテーブルの上にはスバルのマークがついた車のキーが置かれ、皿にはトーストとスクランブル・エッグとソーセージが盛られていた。ケチャップ（赤）とマスタード（黄色）の容器がそのそばにあった。ナイフとフォークはテーブルに並べられていた。料理はまだ手をつけられていない。すべての事物に朝の光が投げかけられていた。私が通り過ぎるとき、男は日焼けした顔を上げて私をじっと見上げた。

おまえがどこで何をしていたかおれにはちゃんとわかっているぞ、と彼は告げていた。その目に宿っている重い冷徹な光には、見覚えがあった。それはたぶん私がどこか他の場所で目にしたことのある光だった。しかしそれがどこでだったか、いつだったか、私には思い出せなかった。

彼の姿かたちと、その無言の語りかけを私は絵のかたちに仕上げていった。まず昨日、木炭を使って描いた骨格から、パンの切れ端を消しゴム代わりに使って、余分な線をひとつひとつ取り去っていった。そして削《そ》げるだけ削いだあとで、あとに残された黒い線に、再び必要とされる黒い線を加筆していった。その作業に一時間半ほどを要した。その結果キャンバスの上に出現したのはまさに、白いスバル・フォレスターに乗った中年男が（言うなれば）ミイラ化した姿だった。肉が削ぎ落とされ、皮膚がビーフジャーキーのように乾燥し、ひとまわり縮んだ姿だった。木炭の粗く黒い線だけで、それは表されていた。もちろんただの下描きに過ぎない。しかし私の頭の中には来《きた》るべき絵画のかたちが確実に像を結びつつあった。

「なかなか見事であるじゃないか」と騎士団長が言った。

後ろを振り向くと、そこに騎士団長がいた。彼は窓際《まどぎわ》の棚の上に腰掛けて、こちらを見ていた。背中から差し込む朝の光が、彼の身体《からだ》の輪郭をくっきりと浮かび上がらせていた。やはり同じ白い古代の衣裳を着て、短い身の丈に合った長剣を腰に差していた。夢じゃないのだ、もちろん、と私は思った。

「あたしは夢なんかじゃあらないよ、もちろん」と騎士団長はやはり私の心を読み取ったように言った。「というか、あたしはむしろ覚醒《かくせい》に近い存在だ」

私は黙っていた。スツールの上から騎士団長の身体の輪郭をただ眺めていた。

「ゆうべも述べたと思うが、このような明るい時刻に形体化するというのは、なかなかに疲弊《ひへい》するものなのだ」と騎士団長は言った。「しかし諸君が絵を描いているところを、一度じっくり拝見させてもらいたかった。で、勝手ながら、さっきから作業をまじまじと見物させてもらっていた。気を悪くはしなかったかね？」

それに対してもやはり返事のしようがなかった。気を悪くするにせよしないにせよ、生身の人間がイデアを相手にどのような理を説けるものだろうか。

騎士団長は私の返事を待たずに（あるいは私が頭で考えたことをそのまま返事として受け取って）、自分の話を続けた。「なかなかよく描けておるじゃないか。その男の本質がじわじわと浮かびだしてくるようだ」

「あなたはこの男のことを何か知っているのですか？」と私は驚いて尋ねた。

「もちろん」と騎士団長は言った。「もちろん知っておるよ」

「それでは、この人物について何か教えてもらえますか？　この人がいかなる人間で、何をしていて、今どうしているのか」

「どうだろう」と騎士団長は軽く首を傾《かし》げ、むずかしい表情を顔に浮かべて言った。むずかしい顔をすると、彼はどことなく小鬼のように見えた。あるいは古いギャング映画に出てくるエドワード・G・ロビンソンのように見えた。ひょっとしたら騎士団長は実際に、その表情をエドワード・G・ロビンソンから「借用」したのかもしれない。それはあり得ないことではなかった。

「世の中には、諸君が知らないままでいた方がよろしいことがある」と騎士団長はエドワード・G・ロビンソンのような表情を顔に浮かべたまま言った。

　雨田政彦がこのあいだ言ったことと同じだ、と私は思った。人にはできることなら知らないでいた方がいいこともある。

「つまり、ぼくが知らないでいた方がいいことは教えてもらえないということですね」と私は言った。

「なぜならば、あたしにわざわざ教えてもらわなくとも、ほんとうのところ諸君はそれを既に知っておるからだ」

　私は黙っていた。

「あるいは諸君はその絵を描くことによって、諸君が既によく承知しておることを、これから主体的に形体化しようとしておるのだ。セロニアス・モンクを見てごらん。セロニアス・モンクはあの不可思議な和音を、理屈や論理で考え出したわけじゃあらない。彼はただしっかり目を見開いて、それを意識の暗闇《くらやみ》の中から両手ですくい上げただけなのだ。大事なのは無から何かを創《つく》りあげることではあらない。諸君のやるべきはむしろ、今そこにあるものの中から、正しいものを見つけ出すことなのだ」

この男はセロニアス・モンクのことを知っているのだ。

「ああ、それからもちろんエドワードなんたらのことも知っておるよ」と騎士団長は私の思考を受けていった。

「まあいいさ」と騎士団長は言った。「ああ、それからひとつ礼儀上の問題として、念のために今ここで申し上げておかなくてはならないのだが、諸君の素敵なガールフレンドのことだが……、うむ、つまり赤いミニに乗ってくる、あの人妻のことだよ。諸君たちがここでおこなっておることは、悪いとは思うが、残らず見物させてもらっている。衣服を脱いでベッドの上で盛んに繰り広げておることだよ」

私は何も言わずに騎士団長の顔を見つめていた。我々がベッドの上で盛、盛んに繰り広げ、げているいること……彼女の言を借りるなら「口にするのがはばかられるようなこと」だ。

「しかしできることなら気にしないでもらいたい。悪いとは思うが、イデアというのはとにかく何でもいちおう見てしまうものなのだ。見るものの選り好みができない。けれどな、ほんとうに気にすることはあらないよ。あたしにとってはセックスだろうが、ラジオ体操だろうが、煙突掃除だろうが、みんな同じように見えるんだ。見ていてとくに面白いものでもあらない。ただ単に見ておるだけだ」

「そしてイデアの世界にはプライバシーという概念はないのですね？」

「もちろん」と騎士団長はむしろ誇らしげに言った。「もちろんそんなものはこれっぽっちもあらない。だから諸君が気にしなければ、それでさっぱりと済むことなんだ。どうかね、気にしないでいられるかね？」

私はまた軽く首を振った。どうだろう？　誰かに一部始終をそっくり見られているとわかっていて、性行為に気持ちを集中することは可能だろうか？　健全な性欲を呼び起こすことが可能だろうか？

「ひとつ質問があります」と私は言った。

「あたしに答えられることならば」と騎士団長は言った。

「ぼくは明日の火曜日、免色さんに夕食に招待されています。そしてあなたもまたその席に招待されています。そのとき免色さんはミイラを招待するという表現を使いましたが、もちろん実質的にはあなたのことです。そのときにはまだあなたは騎士団長の形体をとっていなかったから」

「かまわんよ、それは。もしミイラになろうと思えばすぐにでもなれる」

「いや、そのままでいてください」と私はあわてて言った。「できればそのままの方がありがたい」

「あたしは諸君と共に免色くんの家まで行く。あたしの姿は諸君には見えるが、免色くんの目には見えない。だからミイラであっても騎士団長であっても、どちらでも関係はあらないようなものだが、それでも諸君にひとつやってもらいたいことがある」

「どんなことでしょう?」

「諸君はこれから免色くんに電話をかけ、火曜日の夜の招待はまだ有効かどうかを確かめなくてはならない。またそのときに『当日私に同行するのはミイラではなくて、騎士団長ですが、それでも差し支えありませんか?』とひとことことわっておかなくてはならない。前にも言うたように、あたしは招待されない場所には足を踏み入れることはできないようになっておる。相手に何らかのかたちで『はい、どうぞ』と招き入れてもらわなくてはならない。そのかわり一度招待してもらえれば、そのあとはいつでも好きなときにそこに入っていくことができるようになる。この家の場合はそこにある鈴が招待状のかわりを務めてくれた」

「わかりました」と私は言った。何はともあれ、とにかくミイラの姿になられるのだけは困る。「免色さんに電話をして、招待がまだ有効かどうかを確かめ、ゲストの名前をミイラから騎士団長に変更してもらいたいと言います」

「そうしてもらえるとたいへんありがたい。なにしろ夕食会に招かれるなんて、思いも寄らんことだからな」

「もうひとつ質問があります」と私は言った。「あなたはもともとは即身仏ではなかったのですか？　つまり自ら地中に入って飲食を絶ち、念仏を唱えながら入定《にゅうじょう》する僧《そう》侶《りょ》だったのではなかったのですか？　あの穴の中で命を落とし、ミイラになりながらも鈴を鳴らし続けていたのではないのですか？」

「ふうむ」と騎士団長は言った。そして小さく首をひねった。「そればかりはあたしにもわからんのだよ。ある時点であたしは純粋なイデアとなった。その前にあたしが何であったのか、どこで何をしておったのか、そういう線的な記憶はまるであらない」

騎士団長はしばらく黙って宙をにらんでいた。

「いずれにせよ、そろそろあたしは消えなくてはならん」と騎士団長は静かな、少ししゃがれた声で言った。「形体化の時間が今もって終わろうとしている。午前中はあたしのための時刻ではあらない。暗闇があたしの友だ。真空があたしの息だ。だからそろそろ失礼させてもらうよ。で、免色くんへの電話のことはよろしく頼んだぜ」

それから騎士団長は瞑想に耽《ふけ》るように目を閉じ、唇をまっすぐに結び、両手の指を組み、徐々に薄らいで消えていった。昨夜とまったく同じように。彼の身体は儚《はかな》い煙のように音もなく宙に消えた。そして朝の明るい光の中に、私と描きかけのキャンバスだけがとり残された。白いスバル・フォレスターの男の黒々とした骨格が、キャンバスの中から私をじっと睨《にら》んでいた。

おまえがどこで何をしていたかおれにはちゃんとわかっているぞ、と彼は私に告げていた。

昼過ぎに免色に電話をかけてみた。考えてみれば、私が免色の家に電話をするのは初めてのことだった。常に電話をかけてくるのは免色の方だった。六度目のコールで彼が受話器をとった。

「よかった」と彼は言った。「ちょうどそちらに電話をしようと思っていたところです。でもお仕事の邪魔をしたくなかったから、午後になるまで待っていたんです。午前中に主に仕事をなさるとうかがっていたから」

仕事は少し前に終わったところだ、と私は言った。

「お仕事は進んでいますか？」と免色は言った。

「ええ、新しい絵にかかっています。まだ描き始めたばかりですが」

「それは素晴らしい。それは何よりだ。ところであなたの描いた私の肖像は、額装はしないまま、うちの書斎の壁にかけてあります。そこで絵の具を乾かしています。このままでもなかなか素晴らしいですが」

「それで明日のことなんですが」と私は言った。

「明日の夕方六時に、お宅の玄関に迎えの車をやります」と彼は言った。「帰りもその車でお送りします。私とあなたと二人だけですから、服装とか手土産とかそんなこともまったく気にしないでください。手ぶらで気楽にお越しください」

「それに関して、ひとつ確認しておきたいことがあるのですが」

「どんなことでしょう？」

私は言った。「免色さんはこのあいだ、その夕食の席にミイラが同席してもいいとおっしゃいましたよね？」

「ええ、たしかにそう申し上げました。よく覚えています」

「その招待はまだ生きているのでしょうか？」

免色は少し考えてから、楽しそうに軽く笑った。「もちろんです。二言はありません。招待はまだちゃんと生きています」

「事情があって、ミイラは行けそうにありませんが、かわりに騎士団長が行きたいと言っています。ご招待にあずかるのは騎士団長であってもかまいませんか？」

「もちろん」と免色はためらいなく言った。「ドン・ジョバンニが騎士団長の彫像を夕食に招待したように、私は騎士団長を喜んで謹んで拙宅《せったく》の夕食に招待いたします。ただし私はオペラのドン・ジョバンニ氏とは違って、地獄に堕《お》とされるような悪いことは何もしていません。というか、していないつもりです。まさか夕食のあとで、そのまま地獄に引っ張っていかれたりするようなことはないでしょうね？」

「それはないと思います」と私は返事をしたが、正直なところそれほどの確信は持てなかった。次にいったい何が起こるのか、私にはもう予測がつかなくなっていた。

「それならいいんです。私は今のところまだ、地獄に堕とされる準備ができてはいませんから」と免色は楽しそうに言った。彼は――当たり前のことだが――すべてを気の利《き》いたジョークとして受け取っているのだ。「ところでひとつうかがいたいのですが、オペラ『ドン・ジョバンニ』の騎士団長は死者として、この世の食事をとることはできませんでしたが、その騎士団長はいかがでしょう？　食事の用意をしておいた方がいいのでしょうか？　それともやはり現世の食事は口にされないのかな？」

「彼のために食事を用意する必要はありません。食べ物も酒もいっさい口にしませんから。ただ席を一人分用意していただくだけでかまいません」

「あくまでスピリチュアルな存在なのですね？」

「そういうことだと思います」。イデアとスピリットは少し成り立ちが違うような気がしたが、それ以上話を長くしたくなかったので、私はとくに異議を唱えなかった。

免色は言った。「承知しました。騎士団長の席はひとつしっかりと確保しておきましょう。かの有名な騎士団長を拙宅の夕食に招待できるというのは、私にとっては望外の喜びです。ただ食事を召し上がれないのは残念ですね。おいしいワインも用意したのですが」

私は免色に礼を言った。

「それでは明日お目にかかりましょう」と免色は言って、電話を切った。

その夜、鈴は鳴らされなかった。おそらく昼間の明るい時刻に形体化したせいで（そしてまた二つ以上の質問に答えたせいで）、騎士団長は疲労したのだろう。あるいは彼としてはもうそれ以上、私をスタジオに呼び出す必要を感じなかったのかもしれない。いずれにせよ、私は夢ひとつ見ずに深く朝まで眠った。

翌日の朝、私がスタジオに入って絵を描いているあいだも、騎士団長は姿を見せなかった。だから私は二時間ほどのあいだ何も考えず、ほとんどすべてを忘れて、キャンバスに意識を集中することができた。私がその日の最初にまずやったのは、絵の具を上から塗って下絵を消していくことだった。ちょうどトーストにバターを厚く塗るみたいに。

私はまず深い赤と、鋭いエッジを持つ緑と、鉛色を含んだ黒を使った。それらがその男の求めている色だった。正しい色をつくり出すのにかなり時間がかかった。私はその作業をおこなっているあいだ、モーツァルトの『ドン・ジョバンニ』のレコードをかけた。音楽を聴いていると、今にも背後に騎士団長が現れそうな気がしたが、彼は現れなかった。

その日（火曜日）は朝から、騎士団長は屋根裏のみみずくと同じように、深い沈黙を守り続けていた。しかし私はとくにそのことを気にはかけなかった。生身の人間がイデアの心配をしたところで始まらない。イデアにはイデアのやり方がある。そして私には私の生活がある。私はおおむね、「白いスバル・フォレスターの男」の肖像を完成させることに意識を集中した。スタジオに入っていてもいなくても、キャンバスを前にしていてもしていなくても、その絵のイメージは私の脳裏をいっときも離れなかった。

ラジオの天気予報によれば、今日の夜遅く、関東東海地方はおそらく大雨になるということだった。西の方から天気が徐々に確実に崩れていた。九州南部では豪雨のために川が溢《あふ》れ、低い土地に住む人々は避難を余儀なくされていた。高い土地に住む人々は山崩れの危険を通告されていた。

大雨の夜の夕食会か、と私は思った。

それから私は雑木林の中にある暗い穴のことを思った。免色と私が重い石の塚をどかせて、日の下に暴《あば》いてしまったあの奇妙な石室のことを。自分がその真っ暗な穴の底に一人で座って、木材の蓋《ふた》を打つ雨の音を聞いているところを想像した。私はその穴に閉じ込められ、抜け出すことができずにいるのだ。梯子《はしご》は持ち去られ、重い蓋が頭上をぴたりと閉ざしていた。そして世界中の人々は、私がそこに取り残されていることをすっかり忘れてしまっているようだった。あるいは人々は、もう私はとっくに死んでしまったと考えているのかもしれない。でも私はまだ生きている。孤独ではあるけれど、まだ息はしている。私の耳に届くのは降りしきる雨の音だけだ。光はどこにも見えない。一筋の光も差し込んでは来ない。背中をもたせかけた石壁は冷ややかに湿っていた。時刻は真夜中だ。やがて無数の虫たちが這い出てくるかもしれない。

そんな光景を頭の中に思い浮かべていると、だんだんうまく呼吸ができなくなってきた。私はテラスに出て手すりにもたれ、新鮮な空気を鼻からゆっくり吸い込み、口からゆっくり吐いた。いつものように回数を数えながら、それを規則正しく繰り返した。しばらく続けていると、なんとか通常の呼吸ができるようになった。夕暮れの空は重い鉛色の雲に覆《おお》われていた。雨が近づいているのだ。

谷間の向こうには免色の白い屋敷がほんのりと浮かび上がって見えた。夜にはあそこで夕食をとることになるのだ、と私は思った。免色と私と、かの有名な騎士団長の三人で食卓を囲むのだ。

ほんとうの血だぜ、と騎士団長が私の耳元で囁いた。

# 23

## みんなほんとにこの世界にいるんだよ

私が十三歳で妹が十歳の夏休み、私たちは二人だけで山梨に旅行した。母方の叔父が山梨の大学の研究所に勤めていて、彼のところに遊びに行ったのだ。それは子供たちだけで行く初めての旅行だった。その頃、妹の身体の具合は比較的順調だったので、両親は私たちが二人だけで旅行することを許してくれた。

叔父はまだ若く独身で（今でもまだ独身だ）、当時三十歳になったばかりだったと思う。彼は遺伝子の研究をしており（今でもしている）、無口で、いくぶん浮き世離れしたところはあるが、裏のないさっぱりした性格の人物だった。熱心な読書家で、森羅万象《しんらばんしょう》いろんなことを実によく知っていた。山を歩くのが何より好きで、だから山梨の大学に職を見つけたのだということだった。私たちは二人とも、その叔父のことをけっこう気に入っていた。

妹と私はリュックを担《かつ》いで新宿駅から松本行きの急行列車に乗り、甲府で降りた。叔父が甲府駅まで迎えに来てくれていた。叔父は飛び抜けて背が高かったので、混み合った駅の中でもすぐにその姿を見つけることができた。叔父は友人と共同で甲府市内に小さな一軒家を借りていたのだが、同居者はそのとき海外に出かけていたので、私たちは自分たちだけの部屋を与えられた。私たちはその家に一週間滞在した。そして毎日のように叔父と一緒に近隣の山を歩き回った。叔父は私たちにいろんな花や虫の名前を教えてくれた。それは私たちにとって一夏の素敵な思い出となって残った。

ある日、私たちは少し足を延ばして富士の風穴《ふうけつ》を訪れた。富士山のまわりに数多くある風穴のうちのひとつで、まずまずの規模のものだった。叔父はその風穴がどのようにして出来上がったかを教えてくれた。洞窟《どうくつ》は玄武岩でできているので、洞窟の中でもほとんどこだまが聞こえないこと。夏でも気温が上がらないので、昔の人々は冬のあいだに切り出した氷をその洞窟の中に保存しておいたこと。一般的に人が入り込める大きさを持つ穴を「ふうけつ」、入り込めないような小さな穴を「かざあな」と呼び分けていること。とにかくなんでもよく知っている人だった。

その風穴は入場料を払って中に入れるようになっていた。叔父は入らなかった。前に何度か来たことがあるし、背の高い叔父には洞窟の天井が低すぎてすぐに腰が痛くなるから、ということだった。とくに危ないところはないから、君たち二人だけで行くといい。ぼくは入り口のところで本を読みながら待っているから、と叔父は言った。私たちは入り口で係員にそれぞれ懐中電灯を渡され、プラスチックの黄色いヘルメットをかぶらされた。穴の天井には電灯がついていたが、明かりは暗かった。奥に行くに従って天井が低くなっていった。長身の叔父が敬遠するのも無理はない。

私と妹は懐中電灯で足もとを照らしながら、奥の方に進んでいった。夏の盛りなのに洞窟の中はひやりとしていた。外の気温は摂氏三十二度あったのに、中の気温は十度もなかった。叔父のアドバイスに従って、私たちは持参した厚手のウィンドブレーカーを着込んでいた。妹は私の手をしっかり握っていた。私に保護を求めているのか、あるいは逆に私を保護しようとしているのか、どちらかはわからなかったが（ただ離ればなれになりたくないと思っていただけかもしれない）、洞窟の中にいる間ずっと、その小さな温かい手は私の手の中にあった。そのとき私たちの他に見物客は、中年の夫婦が一組いただけだった。でも彼らはすぐに出ていってしまって、私たち二人だけが残された。

妹は小径《こみち》という名前だったが、家族はみんな彼女のことを「コミ」と呼んだ。友人たちは「みっち」とか「みっちゃん」とか呼んでいた。「こみち」と正式に呼ぶものは、私の知る限り一人もいなかった。ほっそりとした小柄な少女だった。髪は黒くてまっすぐで、首筋の上できれいにカットされていた。顔の割りに目が大きく（それも黒目が大きく）、そのせいで彼女は小さな妖精《ようせい》のように見えた。その日は白いTシャツに淡い色合いのブルージーンズ、ピンク色のスニーカーという格好だった。

洞窟をしばらく進んだところで、妹は順路から少し離れたところに、小さな横穴を見つけた。それは岩陰に隠れるようにこっそり口を開けていた。彼女はその穴のたたずまいにとても興味を惹《ひ》かれたようだった。「ねえ、あれってアリスの穴みたいじゃない？」と妹は私に言った。

彼女はルイス・キャロルの『不思議の国のアリス』の熱狂的なファンだった。私は彼女のために何度その本を読まされたかわからない。少なくとも百回くらいは読んでいるはずだ。もちろん彼女は小さな頃からしっかり字が読めたけれど、私に声を出してその本を読んでもらうのが好きだった。筋はもうすっかり覚え込んでいるはずなのに、その物語は読むごとにいつも妹の気持ちをかきたてた。とくに彼女が好きなのは「イセエビ踊り」の部分だった。私は今でもそのページをそっくり暗記している。

「うさぎはいないようだけど」と私は言った。

「ちょっとのぞいてみる」と彼女は言った。

「気をつけて」と私は言った。

それは本当に狭い小さな穴だったが（叔父の定義によれば「かざあな」に近い）、小柄な妹はそこに苦もなく潜り込むことができた。上半身が穴の中に入って、彼女の膝《ひざ》から下だけがそこから突き出していた。彼女は手に持った懐中電灯で穴の奥を照らしているようだった。それからゆっくりあとずさりをして、穴から出てきた。

「奥の方がずっと深くなっている」と妹は報告した。「下の方にぐっと下がっているの。アリスのうさぎの穴みたいに。奥の方をちょっと見てみたいな」

「だめだよ、そんなの。危なすぎる」と私は言った。

「大丈夫よ。私は小さいからうまく抜けられる」

そう言うと彼女はウィンドブレーカーを脱いで白いTシャツだけになり、ヘルメットと一緒に私に手渡し、私が抗議の言葉を口にする前に、懐中電灯を手にするすると器用に横穴の中に潜り込んでいった。そしてあっという間にその姿は見えなくなってしまった。

長い時間が経《た》ったが、妹は穴から出てこなかった。物音ひとつ聞こえなかった。

「コミ」と私は穴に向かって呼びかけた。「コミ。大丈夫か？」

しかし返事はなかった。私の声はこだますることもなく、闇の中にまっすぐ呑《の》み込まれていった。私はだんだん不安になってきた。妹は狭い穴の中にひっかかったまま、前にも後ろにも動けなくなっているのかもしれない。あるいは穴の奥で何かの発作を起こして、気を失っているのかもしれない。もしそんなことになっていても、私には彼女を助け出すことができない。いろんな不幸な可能性が私の頭の中を行き来した。まわりの暗闇がじわじわと私を締め付けていった。

もしこのまま妹が穴の中に消えてしまったら、二度とこの世界に戻ってこなかったら、私は両親に対してどのように言い訳すればいいのだろう？　入り口で待っている叔父を呼びに行くべきなのだろうか？　それともこのままここに留まって、妹が出てくるのをただじっと待っているしかないのだろうか？　私は身をかがめて、その小さな穴を覗《のぞ》き込んだ。しかし懐中電灯の光は穴の奥にまでは届かなかった。とても小さな穴だったし、その中の暗さは圧倒的だった。

「コミ」と私はもう一度呼びかけてみた。返事はない。「コミ」ともっと大きな声で呼んでみた。やはり返事はない。身体の芯《しん》まで凍りついてしまいそうな寒気を感じた。私はここで永遠に妹を失ってしまったのかもしれない。妹はアリスの穴の中に吸い込まれて、そのまま消えてしまったのかもしれない。偽《にせ》ウミガメや、チェシャ猫や、トランプの女王のいる世界に。現実世界の論理がまるで通じないところに。私たちは何があろうとこんなところに来るべきではなかったのだ。

しかしやがて妹は戻ってきた。彼女はさっきのようにあとずさりするのではなく、頭から這《は》い出てきた。まず黒髪が穴から現れ、それから肩と腕が出てきた。そして腰が引きずり出され、最後にピンク色のスニーカーが出てきた。彼女は何も言わず私の前に立ち、身体をまっすぐに伸ばし、ゆっくり大きく息をついてから、ブルージーンズについた土を手で払った。

私の心臓はまだ大きな音を立てていた。私は手を伸ばして、妹の乱れた髪を直してやった。洞窟の貧弱な照明の下ではよく見えないが、彼女の白いTシャツには土やら埃《ほこり》やら、いろんなものがくっついているようだった。私はその上にウィンドブレーカーを着せかけてやった。そして預かっていた黄色いヘルメットを返した。

「もう戻ってこないのかと思ったよ」と私は妹の体をさすりながら言った。

「心配した？」

「すごく」

彼女はもう一度私の手をしっかり握った。そして興奮した声で言った。

「がんばって細い穴をくぐって抜けちゃうとね、その奥は急に低くなって、降りていくと小さな部屋みたいになっているの。それで、その部屋はなにしろボールみたいにまん丸の形をしているのよ。天井も丸くて、壁も丸くて、床も丸いの。そしてそこはとてもとても静かな場所で、こんな静かな場所は世界中探したって他にないだろうと思っちゃうくらいなんだ。まるで深い深い海の底の、そのまた奥まった窪《くぼ》みにいるみたいだった。懐中電灯を消すと真っ暗なんだけど、怖くはないし、淋《さび》しくもない。そしてその部屋はね、私一人だけが入れてもらえる特別な場所なの。そこは私のためのお部屋なの。誰もそこにはやってこれない。お兄ちゃんにも入れない」

「ぼくは大きすぎるから」

妹はこっくりと肯《うなず》いた。「そう。この穴に入るには、お兄ちゃんは大きくなりすぎている。それでね、その場所でいちばんすごいのは、そこがこれ以上暗くはなれないというくらい真っ暗だっていうことなの。灯りを消すと、暗闇が手でそのまま摑《つか》めちゃえそうなくらい真っ暗なの。そしてその暗闇の中に一人でいるとね、自分の身体がだんだんほどけて、消えてなくなっていくみたいな感じがするわけ。だけど真っ暗だから、自分ではそれが見えない。身体がまだあるのか、もうないのか、それもわからない。でもね、たとえぜんぶ身体が消えちゃったとしても、私はちゃんとそこに残ってるわけ。チェシャ猫が消えても、笑いが残るみたいに。それってすごく変でしょ？　でもそこにいるとね、そういうのがぜんぜん変に思えないんだ。いつまでもそこにいたかったんだけど、お兄ちゃんが心配すると思ったから出てきた」

「もう出よう」と私は言った。妹は興奮してそのままいつまでもしゃべり続けていそうだったし、どこかでそれを止めなくてはならない。「ここにいると、うまく呼吸ができないみたいだ」

「大丈夫？」と妹は心配そうに尋ねた。

「大丈夫だよ。ただもう外に出たいだけ」

私たちは手を繋《つな》いだまま、出口に向かった。

「ねえ、お兄ちゃん」と妹は歩きながら、小さな声で――他の誰かに聞こえないように（実際には他に誰もいなかったのだが）――私に言った。「知ってる？　アリスって本当にいるんだよ。嘘《うそ》じゃなくて、実際に。三月うさぎも、せいうちも、チェシャ猫も、トランプの兵隊たちも、みんなほんとにこの世界にいるんだよ」

「そうかもしれない」と私は言った。

そして私たちは風穴から出て、現実の明るい世界に戻った。薄い雲のかかった午後だったが、それでも太陽の光がひどく眩《まぶ》しかったことを覚えている。蟬《せみ》の声が激しいスコールのようにあたりを圧していた。叔父は入り口近くのベンチに座って、一人で熱心に本を読んでいた。私たちの姿を見ると、彼はにっこり微笑《ほほえ》んで立ち上がった。

その二年後に妹は死んでしまった。そして小さな棺《ひつぎ》に入れられて、焼かれた。そのとき私は十五歳で、妹は十二歳になっていた。彼女が焼かれているあいだ、私は他のみんなから離れて一人で火葬場の中庭のベンチに座り、その風穴での出来事を思い出していた。小さな横穴の前で妹が出てくるのをじっと待っていた時間の重さと、そのとき私を包んでいた暗闇の濃さと、身体の芯に感じていた寒気を。穴の口からまず彼女の黒髪の頭が現れ、それからゆっくりと肩が出てきたことを。彼女の白いTシャツについていたいろんなわけのわからないもののことを。

妹は二年後に病院の医師によって正式に死亡を宣告される前に、あの風穴の奥で既に命を奪われてしまっていたのではないだろうか——そのとき私はそう思った。というか、ほとんどそう確信した。穴の奥で失われ、既にこの世を離れてしまった彼女を、私は生きているものと勘違いしたまま電車に乗せ、東京に連れて帰ってきたのだ。しっかりと手を繋いで。そしてそれからの二年間を兄と妹として共に過ごした。しかしそれは結局のところ、儚い猶予《ゆうよ》期間のようなものに過ぎなかった。その二年後に、死はおそらくあの横穴から這い出して、妹の魂を引き取りにきたのだ。貸したままになっていたものを、定められた返済期限がやって来て、持ち主が取り返しに来るみたいに。

いずれにせよ、あの風穴の中で、妹が小さな声でまるで打ち明けるように私に言ったことは真実だったんだ、と私は——こうして三十六歳になった私は——今あらためて思った。この世界には本当にアリスは存在するのだ。三月うさぎも、せいうちも、チェシャ猫も実際に実在する。そしてもちろん騎士団長だって。

天気予報は外れて、結局大雨にはならなかった。見えるか見えないかというくらいの細かい雨が五時過ぎから降り出し、そのまま翌朝まで降り続けただけだ。午後六時ちょうどに、黒塗りの大型セダンがしずしずと坂道を上がってきた。それは私に霊柩《れいきゅう》車《しゃ》を思い出させたが、もちろん霊柩車なんかじゃなく、免色がよこした送迎リムジンだった。車種は日産インフィニティだった。黒い制服を着て帽子をかぶった運転手がそこから降りて、雨傘を片手にやってきて、うちの玄関のベルを鳴らした。私がドアを開けると帽子を取り、それから私の名前を確認した。私は家を出て、車に乗り込んだ。傘は断った。傘をさすほどの降りではない。運転手が私のために後部席のドアを開け、ドアを閉めてくれた。ドアは重厚な音を立てて閉まった（免色のジャガーのドアが立てる音とは少し響きが違う)。私は黒い丸首の薄いセーターの上に、グレーのヘリンボーンの上着を着て、濃いグレーのウールのズボンに黒いスエードの靴を履いていた。それが私の所有している中ではいちばんフォーマルに近い服装だった。少なくとも絵の具はついていない。

迎えの車が来ても騎士団長は姿を見せなかった。声も聞こえなかった。だから、彼がその日に免色に招待されていることをちゃんと覚えているのかどうか、私には確かめようもなかった。でもきっと覚えているはずだ。あれほど楽しみにしていたのだから、忘れるはずはないだろう。

しかし心配する必要はまったくなかった。車が出発してしばらくしてふと気がついたとき、騎士団長は涼しい顔をして私の隣のシートに腰掛けていた。いつもの白い装束に(クリーニングから返ってきたばかりのようにしみひとつない)、いつもの宝玉つきの長剣を帯びて。身長もやはりいつもどおりの六十センチほどだ。インフィニティの黒い革のシートの上にいると、彼の装束の白さと清潔さがひときわ目だった。彼は腕組みをして前方をまっすぐ睨んでいた。

「あたしにけっして話しかけないように」と騎士団長は釘《くぎ》を刺すように私に語りかけた。「あたしの姿は諸君には見えるが、ほかの誰にも見えない。あたしの声は諸君には聞こえるが、ほかの誰にも聞こえない。見えないものに話しかけたりすると、諸君がとことん変に思われよう。わかったかね？　わかったら一度だけ小さく肯いて」

私は一度だけ小さく肯いた。騎士団長もそれにこたえて小さく肯き、そのあとは腕組みをしたきりひとことも口をきかなかった。

あたりはもう真っ暗になっていた。カラスたちもとっくに山のねぐらに引き上げていた。インフィニティはゆっくりと坂道を降りて谷間の道を進み、それから急な上り坂にかかった。それほどの距離ではないのだが（なにしろ狭い谷間の向かい側に行くだけだから）、道路は比較的狭く、おまけに曲がりくねっていた。大型セダンの運転手が幸福な気持ちになれるような種類の道路ではない。四輪駆動の軍用車が似合いそうな道だ。しかし運転手は顔色ひとつ変えずにクールにハンドルを操作し、車は無事に免色の屋敷の前に到達した。

屋敷は白い高い壁にまわりを囲まれ、正面にいかにも頑丈そうな扉がついていた。濃い茶色に塗られた、大きな両開きの木の扉だ。まるで黒澤明の映画に出てくる中世の城門みたいに見える。矢が数本刺さっていると似合いそうだ。内部は外からはまったくうかがえない。門の脇《わき》には番地を書かれた札がついていたが、表札はかかっていなかった。たぶん表札を出す必要もないのだろう。ここまでわざわざ山を上ってやってくる人なら、これが免色の屋敷であることくらいみんな最初から承知しているはずだ。門の周辺は水銀灯で明々と照らされていた。運転手は車を降りてベルを押し、インターフォンで中にいる人と短く話をした。それから運転席に戻って、遠隔装置で扉が開けられるのを待った。門の両側には可動式の監視カメラが二台設置されていた。

両開きの扉がゆっくり内側に開くと運転手は中に車を入れ、そこから曲がりくねった邸内道路をしばらく進んだ。道はなだらかな下り坂になっていた。背後で扉が閉まる音が聞こえた。もうもとの世界には戻れないぞ、と言わんばかりに重々しい音を立てて。道路の両側には松の木が並んでいた。手入れの行き届いた松だ。枝がまるで盆栽のように美しく整理され、病気にかからないように丁寧に処置が施されている。そしてツツジの端正な生け垣が続いていた。ツツジの奥には山吹の姿も見えた。椿《つばき》がまとめて植えられた部分もあった。家屋は新しいが、樹木はみんな古くからあるもののようだった。それらすべてが庭園灯できれいに照らし出されていた。

道路はアスファルト敷きの円形の車寄せになって終わっていた。運転手はそこに車を停めると、素速く運転席から降りて、私のために後部席のドアを開けてくれた。隣を見ると騎士団長の姿は消えていた。しかし私はとくに驚かなかったし、気にもしなかった。彼には彼なりの行動様式があるのだ。

インフィニティのテールランプが礼儀正しく、しずしずと夕闇の中に去っていって、あとには私ひとりが残された。今こうして正面から目にしている家屋は、私が予想していたよりずっとこぢんまりとして控えめに見えた。谷の向かい側から眺めていると、それはずいぶん威圧的で派手はでしい建築物に見えたのだが。たぶん見る角度によって印象が違ってくるのだろう。門の部分が山の一番高いところにあり、それから斜面を下るように、土地の傾斜角度をうまく利用して家が建てられていた。

玄関の前には神社の狛犬《こまいぬ》のような古い石像が、左右対になって据えられていた。台座もついている。あるいは本物の狛犬をどこかから運んできたのかもしれない。玄関の前にもツツジの植え込みがあった。きっと五月には、このあたりは鮮やかな色合いのツツジの花でいっぱいになるのだろう。

私がゆっくり歩いて玄関に近づいていくと、内側からドアが開き、免色本人が顔をのぞかせた。免色は白いボタンダウン・シャツの上に濃い緑色のカーディガンを着て、クリーム色のチノパンツをはいていた。真っ白な豊かな髪はいつものようにきれいに梳《す》かれ、自然に整えられていた。自宅で私を出迎える免色を目にするのは、どことなく不思議な気持ちのするものだった。私がこれまで目にしてきた免色は、いつもジャガーのエンジン音を響かせてうちを訪れていたから。

彼は私を家の中に招き入れ、玄関のドアを閉めた。玄関部分はほぼ正方形で広く、天井が高かった。スカッシュのコートくらいは作れそうだ。壁付きの間接照明が部屋の中をほどよく照らし出し、中央に置かれた寄せ木細工の広い八角形のテーブルの上には、明朝《みんちょう》のものとおぼしき巨大な花瓶が置かれ、新鮮な生花が勢いよく溢れかえっていた。三つの色合いの大輪の花（私は植物には詳しくないので、その名前はわからない）が組み合わされていた。たぶん今夜のためにわざわざ用意されたのだろう。彼が今回花屋に支払った代金だけでおそらく、つつましい大学生なら一ヶ月は食いつないでいけるのではないかと私は想像した。少なくとも学生時代の私ならじゅうぶん暮らしていけたはずだ。玄関には窓はなかった。天井に明かり採りの天窓がついているだけだ。床はよく磨かれた大理石だった。

玄関から幅の広い階段を三段下りたところに居間があった。サッカーグラウンドまでは無理だが、テニスコートなら作れそうなくらいの広さがあった。東南に向けた面はすべてティントされたガラスになっており、その外にやはり広々としたテラスがあった。暗かったから、海が見えるかどうかまではわからなかったが、たぶん見えるはずだ。反対側の壁にはオープン型の暖炉があった。まだそれほど寒い季節ではなかったから、火は入っていなかったが、いつでも入れられるように薪《まき》はきれいに脇に積んであった。誰が積んだのかは知らないが、ほとんど芸術的と言ってもいいくらいの上品な積みあげられ方だった。暖炉の上にはマントルピースがあり、マイセンの古いフィギュアがいくつか並んでいた。

居間の床も大理石だったが、数多くの絨毯《じゅうたん》が組み合わせて敷かれていた。どれも古いペルシャ絨毯で、その精妙な柄と色合いは実用品というよりはむしろ美術工芸品のように見えた。踏みつけるのに気が引けるくらいだ。丈の低いテーブルがいくつかあり、あちこちに花瓶が置かれていた。すべての花瓶にやはり新鮮な花が盛られていた。どの花瓶も貴重なアンティークのように見えた。とても趣味がよい。そしてとても金がかかっている。大きな地震が来なければいいのだが、と私は思った。

天井は高く、照明は控えめだった。壁の上品な間接照明と、いくつかのフロア・スタンドと、テーブルの上の読書灯、それだけだ。部屋の奥には黒々としたグランド・ピアノが置かれていた。スタインウェイのコンサート用グランド・ピアノがそれほど大きくは見えない部屋を目にしたのは、私にとって初めてのことだった。ピアノの上にはメトロノームと共に楽譜がいくつか置かれていた。免色が弾くのかもしれない。それとももときどきマウリツィオ・ポリーニを夕食に招待するのかもしれない。

しかし全体としてみれば、居間のデコレーションはかなり控えめに抑えられており、それが私をほっとさせた。余計なものはほとんど見当たらない。それでいてがらんともしていない。広さのわりに意外に居心地の良さそうな部屋だった。そこにはある種の温かみがある、と言ってしまっていいかもしれない。壁には小さな趣味の良い絵が半ダースばかり、控えめに並べられていた。そのうちのひとつは本物のレジェのように見えたが、あるいは私の思い違いかもしれない。

　免色は茶色い革張りの大きなソファに私を座らせた。彼もその向かいの椅子《いす》に座った。ソファと揃《そろ》いの安楽椅子だ。とても座り心地の良いソファだった。硬くもなく、柔らかくもない。座る人間の身体《からだ》を——それがどのような人間であれ——そのまま自然に受け入れるようにできているソファだ。しかしもちろん考えてみれば（あるいはいちいち考えるまでもなく）、免色が座り心地のよくないソファを自宅の居間に置いたりするわけがない。

　我々がそこに腰を下ろすと、それを待っていたようにどこからともなく男が姿を見せた。驚くほどハンサムな若い男だった。それほど背が高くはないが、ほっそりとして、身のこなしが優雅だった。皮膚はむらなく浅黒く、艶《つや》のある髪をポニーテイルにして後ろでまとめていた。丈の長いサーフパンツをはいて、海岸でショート・ボードを抱えていると似合いそうだったが、今日の彼は白い清潔なシャツに黒いボウタイを結んでいた。そして口もとに心地の良い笑みを浮かべていた。

「何かカクテルでも召し上がりますか？」と彼は私に尋ねた。

「なんでも好きなものをおっしゃって下さい」と免色が言った。

「バラライカを」と私は数秒考えてから言った。とくにバラライカを飲みたかったわけではないが、本当になんでも作れるかどうか試してみたかったのだ。

「私も同じものを」と免色は言った。

若い男は心地良い笑みを浮かべたまま、音を立てずに下がった。

私はソファの隣に目をやったが、そこには騎士団長の姿はなかった。しかしこの家の中のどこかにきっと騎士団長はいるはずだ。なにしろ家の前まで車に同乗して、一緒にやってきたのだから。

「何か？」と免色が私に尋ねた。私の目の動きを追っていたのだろう。

「いえ、なんでもありません」と私は言った。「ずいぶん立派なお宅なので、見とれていただけです」

「しかし、いささか派手すぎる家だと思いませんか？」と免色は言って、笑みを浮かべた。

「いや、予想していたより遥《はる》かに穏やかなお宅です」と私は正直に意見を述べた。

「遠くから見ていると、率直に申し上げてかなり豪勢に見えます。豪華客船が海に浮かんでいるみたいに。しかし実際に中に入ると不思議なくらい落ち着いて感じられます。印象ががらりと違います」

免色はそれを聞いて肯いた。「そう言っていただけると何よりですが、そのためにはずいぶん手を入れなくてはなりませんでした。事情があって、この家を出来合いで買ったのですが、手に入れたときはなにしろ派手な家でした。けばけばしいと言っていいくらいだった。さる量販店のオーナーが建てたのですが、成金趣味の極《きわ》みというか、とにかく私の趣味にはまったく合わなかった。だから購入したあとで大改装をすることになりました。そしてそれには少なからぬ時間と手間と費用がかかりました」

免色はそのときのことを思い出すように、目を伏せて深いため息をついた。よほど趣味が合わなかったのだろう。

「それなら、最初からご自分で家を建てた方が、ずっと安上がりだったんじゃないですか？」と私は尋ねてみた。

免色は笑った。唇の間から僅《わず》かに白い歯が見えた。「実にそのとおりです。その方がよほど気が利《き》いています。しかし私の方にもいろいろと事情がありました。この家でなくてはならない事情が」

私はその話の続きを待った。しかし続きはなかった。

「今夜、騎士団長はご一緒じゃなかったんですか？」と免色は私に尋ねた。

私は言った。「たぶんあとからやって来ると思います。家の前までは一緒だったんですが、どこかに急に消えてしまいました。たぶんお宅の中をあちこち見物しているのではないかと思います。かまいませんか？」

免色は両手を広げた。「ええ、もちろん。もちろん私はちっともかまいません。どこでも好きなだけ見て回ってもらって下さい」

さっきの若い男が銀色のトレイにカクテルを二つ載せて運んできた。カクテル・グラスはとても精妙にカットされたクリスタルだった。たぶんバカラだ。それがフロア・スタンドの明かりを受けてきらりと光った。それからカットされた何種類かのチーズとカシューナッツを盛った古伊万里《こいまり》の皿がその隣に置かれた。頭文字のついた小さなリネンのナプキンと、銀のナイフとフォークのセットも用意されていた。ずいぶん念が入っている。

免色と私はカクテル・グラスを手に取り、乾杯した。彼は肖像画の完成を祝し、私は礼を言った。そしてグラスの縁にそっと口をつけた。ウォッカとコアントローとレモン・ジュースを三分の一ずつ使って人はバライカを作る。成り立ちはシンプルだが、極北のごとくきりっと冷えていないとうまくないカクテルだ。腕の良くない人が作ると、ゆるく水っぽくなる。しかしそのバラライカは驚くばかりに上手につくられていた。その鋭利さはほとんど完璧《かんぺき》に近かった。

「おいしいカクテルだ」と私は感心して言った。

「彼は腕がいいんです」と免色はあっさりと言った。

もちろんだ、と私は思った。考えるまでもなく、免色が腕の悪いバーテンダーを雇うわけがない。コアントローを用意していないわけがないし、アンティークのクリスタルのカクテル・グラスと、古伊万里の皿を揃えていないわけがないのだ。

我々はカクテルを飲み、ナッツを囓《かじ》りながらあれこれ話をした。主に私の絵の話をした。彼は私に現在制作している作品のことを尋ね、私はその説明をした。過去に遠くの町で出会った、名前も素性《すじょう》も知らない一人の男の肖像を描いているのだと私は言った。

「肖像？」と免色は意外そうに言った。

「肖像といっても、いわゆる営業用のものではありません。ぼくが自由に想像を巡らせた、いわば抽象的な肖像画です。でもとにかく肖像が絵のモチーフになっています。土台になっていると言っていいかもしれませんが」

「私を描いた肖像画のときのように？」

「そのとおりです。ただし今回は誰からも依頼を受けていません。ぼくが自発的に描いている作品です」

免色はそれについてしばらく考えを巡らせていた。そして言った。「つまり、私の肖像画を描いたことが、あなたの創作活動に何かしらのインスピレーションを与えたということになるでしょうか？」

「たぶんそういうことなのでしょう。まだようやく点火しかけている、というレベルに過ぎませんが」

免色はカクテルをまた一口音もなくすすった。彼の目の奥には満足に似た輝きのようなものがうかがえた。

「それは私にとってなによりも喜ばしいことです。何かしらあなたのお役に立てたかもしれないということが。もしよろしければ、その新しい絵が完成したら見せていただけますか？」

「もし納得のいくものが描けたら、もちろん喜んで」

私は部屋の隅に置かれたグランド・ピアノに目をやった。「免色さんはピアノを弾かれるのですか？　ずいぶん立派なピアノみたいですが」

免色は軽く肯いた。「うまくはありませんが少しは弾きます。子供の頃、先生について ピアノを習っていました。小学校に入ってから、卒業するまで五年か六年か。それから勉強が忙しくなったもので、やめました。やめなければよかったのですが、私もピアノの練習にいささか疲れ果てていたもので。ですから指はもう思うように動きませんが、楽譜はかなり自由に読めます。気分転換のために、ときおり私自身のために簡単な曲を弾きます。でも人に聴かせるようなものじゃありませんし、家の中に人がいるときには絶対に鍵盤《けんばん》に手は触れません」

私は前からずっと気になっていた疑問を口にした。「免色さんは、これだけの家に一人でお住まいになって、広さを持てあましたりすることはないのですか?」

「いいえ、そんなことはありません」と免色は即座に言った。「まったくありません。私はもともと一人でいることが好きなんです。たとえば大脳皮質のことを考えてみてください。人類は素晴らしく精妙にできた高性能な大脳皮質を与えられています。でも我々が実際に日常的に用いている領域は、その全体の十パーセントにも達していないはずです。我々はそのような素晴らしく高い性能を持った器官を天から与えられたというのに、残念なことに、それを十全に用いるだけの能力をいまだ獲得していないのです。たとえて言うならそれは、豪華で壮大な屋敷に住みながら、四畳半の部屋一つだけを使って四人家族がつつましく暮らしているようなものです。あとの部屋はすべて使われないまま放置されています。それに比べれば、私が一人でこの家に暮らしていることなど、さして不自然なことでもないでしょう」

「そういわれればそうかもしれません」と私は認めた。なかなか興味深い比較だ。

免色はしばらく手の中でカシューナッツを転がしていた。そして言った。「しかし一見無駄に見えるその高性能の大脳皮質がなければ、我々が抽象的思考をすることもなかったでしょうし、形而上《けいじじょう》的な領域に足を踏み入れることもなかったでしょう。ただの一部しか使えなくても、大脳皮質にはそれだけのことができるのです。その残りの領域をそっくり使えたら、いったいどれほどのことができるのでしょう。興味を惹かれませんか」

「しかしその高性能の大脳皮質を獲得するのと引き替えに、つまり豪壮な邸宅を手に入れる代償として、人類は様々な基礎能力を放棄しないわけにはいかなかった。そうですね？」

「そのとおりです」と免色は言った。「抽象的思考、形而上的論考なんてものができなくても、人類は二本足で立って棍棒《こんぼう》を効果的に使うだけで、この地球上での生存レースにじゅうぶん勝利を収められたはずです。日常的にはなくても差し支えない能力ですから。そしてそのオーバー・クォリティーの大脳皮質を獲得する代償として、我々は他の様々な身体能力を放棄することを余儀なくされました。たとえば犬は人間より数千倍鋭い嗅覚《きゅうかく》と数十倍鋭い聴覚を具《そな》えています。しかし私たちには複雑な仮説を積み重ねることができます。コズモスとミクロ・コズモスとを比較対照し、ファン・ゴッホやモーツァルトを鑑賞することができます。プルーストを読み――もちろん読みたければですが――古伊万里やペルシャ絨毯を蒐集《しゅうしゅう》することもできます。それは犬にはできないことです」

「マルセル・プルーストは、その犬にも劣る嗅覚を有効に用いて長大な小説をひとつ書き上げました」

免色は笑った。「おっしゃるとおりです。ただ私が言っているのは、あくまで一般論として、という話です」

「つまりイデアを自律的なものとして取り扱えるかどうかということですね？」

「そのとおりです」

そ、そ、そのとおりだ、と騎士団長が私の耳元でこっそり囁《ささや》いた。でも騎士団長のさきほどの忠告に従って、私はあたりを見回したりはしなかった。

それから彼は書斎へと私を案内した。居間を出たところに広い階段があり、それを下の階に降りた。どうやらその階が居室部分になっているようだった。廊下に沿っていくつかのベッドルームがあり（いくつあるのかは数えなかったが、あるいはそのうちのひとつが私のガールフレンドの言う鍵《かぎ》のかかった「青髭公《あおひげこう》の秘密の部屋」なのかもしれない）、突き当たりに書斎があった。とくに広い部屋ではないが、もちろん狭苦しくはなく、そこには「程よいスペース」ともいうべきものがつくりあげられていた。書斎には窓が少なく、一方の壁の天井近くに明かり採りの細長い窓が横並びについているだけだった。そして窓から見えるのは松の枝と、枝の間から見える空だけだ（この部屋には陽光と風景はとくに必要とされないようだ）。そのぶん壁が広くとられていた。一面の壁は、床から天井近くまですべてが作り付けの書架になっており、その一部はＣＤを並べるための棚になっていた。書架には隙間《すきま》なくいろんなサイズの本が並んでいた。高いところにある本を取るために、木製の踏み台も置かれていた。どの本にも実際に手に取られた形跡が見えた。それが熱心な読書家の実用的なコレクションであることは誰の目にも明らかだった。装飾を目的とした書棚ではない。

大きな執務用のデスクが壁を背中にしてあり、コンピュータがその上に二台並んでいた。据え置き型が一台、ノートブック型が一台。ペンや鉛筆を差したマグカップがいくつかあり、書類がきれいに積み重ねられていた。高価そうな美しいオーディオ装置が一方の壁に並び、その反対側の壁には、ちょうど机と向き合うようなかたちで、一対の縦に細長いスピーカーが並んでいた。背丈は私のそれとだいたい同じ（百七十三センチだ）、箱は上品なマホガニーでつくられていた。部屋の真ん中あたりには、本を読んだり音楽を聴いたりするための、モダンなデザインの読書用の椅子が置かれていた。その隣にはステンレス製の読書用のフロア・スタンドがあった。おそらく免色は一日の多くの部分をこの部屋で、一人で過ごすのだろうと、私は推測した。

私の描いた免色の肖像画はスピーカーの間の壁に掛けられていた。ちょうど二つのスピーカーの真ん中の、だいたい目の高さの位置に。まだ額装されていない剝《む》き出しのままのキャンバスだったが、それはずっと以前からそこにかけられていたみたいに、きわめて自然にその場所に収まっていた。もともとかなり勢いよく、ほとんど一気呵《いっきか》成《せい》に描かれた絵だったが、その奔放さはこの書斎にあっては不思議なくらい精妙に程よく抑制されているように感じられた。この場所の独特の空気が、絵の持っている前のめりの勢いを居心地良く鎮《しず》めていた。そしてその画像の中にはやはり紛れもなく免色の顔が潜んでいた。というか私の目には、まるで免色そのものがそこに入り込んでしまったようにさえ見えた。

それはもちろん私が描いた絵だ。しかしいったん私の手を離れて免色の所有するものとなり、彼の書斎の壁に飾られると、それはもう私には手の及ばないものに変貌《へんぼう》してしまったようだった。それは今ではもう免色の絵であり、私の絵ではなかった。そこにある何かを確認しようとしても、その絵は滑らかなすばしこい魚のように、するすると私の両手をすり抜けていってしまう。まるでかつては私のものであったのに、今では他の誰かのものになってしまった女性のように……。

「どうです、この部屋に実にぴたりと合っていると思いませんか？」

もちろん免色は肖像画のことを言っているのだ。私は黙って肯いた。

免色は言った。「いろんな部屋のいろんな壁を、ひとつひとつ試してみました。そして結局、この部屋のこの場所に飾るのがいちばん良いとわかったんです。スペースの空き具合や、光の当たり方や、全体的なたたずまいがちょうどいい。とりわけあの読書用の椅子に座って絵を眺めるのが、私はいちばん好きですが」

「試してみてかまいませんか」と、私はその読書用の椅子を指さして言った。

「もちろんです。自由に座ってみて下さい」

私はその革張りの椅子に腰を下ろし、緩やかなカーブを描く背もたれにもたれ、オットマンに両脚を載せた。胸の上で両手を組んだ。そしてあらためてその絵をじっくり眺めた。たしかに免色が言ったようにそこは、その絵を鑑賞するための理想的なスポットだった。その椅子（文句のつけようもなく座り心地の良い椅子だった）の上から見ると、正面の壁に掛けられた私の絵は、私自身にも意外に思えるほどの静かな、落ち着いた説得力を持っていた。それは私のスタジオにあったときとはほとんど違った作品に見えた。それは――どう言えばいいのだろう――この場所にやってきて新たな、本来の生命を獲得したようにさえ見えた。そしてそれと同時に、その絵は作者である私のそれ以上の近接をきっぱり拒否しているようにも見えた。

免色がリモート・コントロールを使って、程よい小さな音で音楽を流した。聞き覚えのあるシューベルトの弦楽四重奏曲だった。作品D八〇四。そのスピーカーから出てくるのはクリアで粒立ちの良い、洗練された上品な音だった。雨田具彦の家のスピーカーから出てくる素朴で飾りのない音に比べると、違う音楽のようにさえ思える。

ふと気がつくと、部屋の中に騎士団長がいた。彼は書架の前の踏み台に腰を下ろし、腕組みをして私の絵を見つめていた。私が目をやると、騎士団長は首を小さく振り、こちらを見るんじゃないという合図を送ってよこした。私は再び絵に視線を戻した。

「どうもありがとうございました」、私は椅子から起《た》ち上がり免色にそう言った。「掛けられている場所も言うことはありません」

免色はにこやかに首を振った。「いや、お礼を言わなくてはならないのはこちらの方です。この場所に落ち着いたことで、ますますこの絵が気に入ってしまいました。この絵を見ていると、何と言えばいいんだろう、まるで特殊な鏡の前に立っているような気がしてきます。その中には私がいる。しかしそれは私自身ではない。私とは少し違った私自身です。じっと眺めていると、次第に不思議な気持ちになってきます」

免色はシューベルトの音楽を聴きながら、またひとしきり無言のうちにその絵を眺めていた。騎士団長もやはり踏み台に腰掛けたまま、免色と同じように眼を細めてその絵を見ていた。まるで真似《まね》をしてからかっているみたいに（おそらくそんな意図はないのだろうが）。

免色はそれから壁の時計に目をやった。「食堂に移りましょう。そろそろ夕食の用意が整っているはずです。騎士団長が見えているといいのですが」

私は書架の前の踏み台に目をやった。騎士団長の姿はもうそこにはなかった。

「騎士団長はたぶんもうここに来ていると思います」と私は言った。

「それはよかった」と免色は安心したように言った。そしてリモート・コントロールを使ってシューベルトの音楽を止めた。「もちろん彼の席もちゃんと用意してあります。夕食を召し上がっていただけないのはかえすがえすも残念ですが」

その下の階（玄関を一階とすれば、地下二階に相当する）は貯蔵庫と、ランドリー設備と、運動用のジムに使われていると免色は説明してくれた。ジムにはトレーニングのための各種マシンが揃っている。運動をしながら音楽が聴けるようになっている。週に一度、専門のインストラクターがやってきて、筋肉トレーニングの指導をしてくれる。それから住み込みのメイドのためのステュディオ式の居室もある。そこには簡易キッチンと小さなバスルームがついているが、現在のところ誰も使っていない。その外には小さなプールもあったのだが、実用には適さないし手入れも面倒なので、埋めて温室にしてしまった。でもそのうちに二レーン二十五メートルのラッププールを新たに作ることになるかもしれない。もしそうなったら是非泳ぎに来てください。それは素晴らしいと私は言った。

それから我々は食堂に移った。

# 24

# 純粋な第一次情報を収集しているだけ

食堂は書斎と同じ階にあった。キッチンがその奥にある。横に長いかたちをした部屋で、やはり横に長い大きなテーブルが部屋の真ん中に置かれていた。厚さ十センチはある樫《かし》材でできていて、十人くらいは一度に食事ができる。ロビン・フッドの家来たちが宴会をしたら似合いそうな、いかにも頑丈なテーブルだ。しかし今、そこに腰を下ろしているのは陽気な無法者たちではなく、私と免色の二人きりだった。騎士団長のための席が設けられていたが、彼の姿はそこにはなかった。そこにはマットと銀器と空のグラスが置かれていたが、あくまでしるしだけのことだった。それが彼のための席であることが儀礼的に示されているだけだ。

　壁の長い一面は居間と同様、すべてガラス張りになっていた。そこからは谷の向こうの山肌が見渡せた。私の家から免色の家が見えるのと同じように、免色の家からも当然私の家が見えるはずだ。しかし私の住んでいる家は免色の屋敷ほど大きくはないし、目立たない色合いの木造住宅だから、暗い中ではそれがどこにあるのか判別できなかった。山にはそれほど多くの家は建っていなかったが、まばらに点在するそれらの家々には、ひとつひとつ確かな明かりが灯《とも》っていた。夕食の時刻なのだ。人々はおそらく家族と共に食卓について、これから温かい食事を口にしようとしている。そのようなささやかな温《ぬく》もりを、それらの光の中に感じとることができた。

　一方、谷間のこちら側では、免色と私と騎士団長がその大きなテーブルに着いて、あまり家庭的とは言いがたい一風変わった夕食会を始めようとしていた。外では雨がまだ細かく静かに降り続けていた。しかし風はほとんどなく、いかにもひっそりとした秋の夜だった。窓の外を眺めながら、私はまたあの穴のことを考えた。祠《ほこら》の裏手の孤独な石室のことだ。こうしている今もあの穴は暗く冷たくそこにあるに違いない。その風景の記憶は私の胸の奥に特殊な冷ややかさを運んできた。

「このテーブルは、私がイタリアを旅行しているときに見つけて、買い求めたものです」と免色は、私がテーブルを褒めたあとで言った。そこには自慢するような響きはなかった。ただ淡々と事実を述べているだけだ。「ルッカという町の家具屋で見つけて買い求め、船便で送らせました。なにしろひどく重いものなので、ここに運び込むのが一仕事でした」

「よく外国に行かれるのですか？」

彼は少しだけ唇を歪《ゆが》めた。そしてすぐに元に戻した。「昔はよく行ったものです。半分は仕事で半分は遊びです。最近はあまり行く機会がありません。仕事の内容を少しばかり変えたものですから。それに加えて私自身、あまり外に出て行くことを好まなくなったということもあります。ほとんどここにいます」

彼はここ
がどこであるかをより明らかにするために、手で家の中を示した。そのあと変化した仕事の内容についての言及があるのかと思ったが、話はそこで終わった。彼は自分の仕事についてはは相変わらずあまり多くを語りたくないようだった。もちろん私もそれについてとくに質問はしなかった。

「最初によく冷えたシャンパンを飲みたいと思いますが、いかがですか？　それでかまいませんか？」

もちろんかまわないと私は言った。すべておまかせする。

免色が小さく合図をすると、ポニーテイルの青年がやってきて、細長いグラスにしっかりと冷えたシャンパンを注いでくれた。心地よい泡がグラスの中に細かく立ち上った。グラスは上質な紙でできたみたいに軽く薄かった。私たちはテーブルを挟んで祝杯をあげた。免色はそのあと、無人の騎士団長の席に向かってグラスを恭《うやうや》しく上げた。

「騎士団長、よくお越しくださいました」と彼は言った。

もちろん騎士団長からの返事はなかった。

免色はシャンパンを飲みながら、オペラの話をした。シチリアを訪れたときに、カターニアの歌劇場で観《み》たヴェルディの『エルナーニ』がとても素晴らしかったこと。隣の客がみかんを食べながら、歌手の歌にあわせて歌っていたこと。そこでとてもおいしい発泡ワインを飲んだこと。

やがて騎士団長が食堂に姿を見せた。ただし彼のために用意された席には着かなかった。背丈が低いせいで、席に座るとたぶん鼻のあたりまでテーブルに隠れてしまうからだろう。彼は免色の斜め背後にある飾り棚のようなところにちょこんと腰を下ろしていた。床から一メートル半ほどの高さにいて、奇妙な形の黒い靴を履いた両脚を軽く揺すっていた。私は免色にはわからないように、彼に向かって軽くグラスを上げた。騎士団長はそれに対してもちろん知らん顔をしていた。

それから料理が運ばれてきた。台所と食堂のあいだには配膳《はいぜん》用の取り出し口がついていて、ボウタイをしめたポニーテイルの青年が、そこに出された皿をひとつひとつ我々のテーブルに運んだ。オードブルは有機野菜と新鮮なイサキをあしらった美しい料理だった。それに合わせて白ワインが開けられた。ポニーテイルの青年が、まるで特殊な地雷を扱う専門家のような注意深い手つきでワインのコルクを開けた。どこのどんなワインか説明はなかったが、もちろん完璧な味わいの白ワインだった。言うまでもない。免色が完璧でない白ワインを用意するわけがないのだ。

それからレンコンとイカと白いんげんをあしらったサラダが出てきた。ウミガメのスープが出てきた。魚料理はアンコウだった。

「少し季節は早いのですが、珍しく漁港に立派なアンコウがあがったのだそうです」と免色は言った。たしかに素晴らしく新鮮なアンコウだった。しっかりとした食感で、上品な甘みがあり、それでいて後味はさっぱりしていた。さっと蒸したあとに、タラゴンのソース（だと思う）がかけられていた。

そのあとに厚い鹿肉《しかにく》のステーキが出された。特殊なソースについての言及があったが、専門用語が多すぎて覚えきれなかった。いずれにせよ素晴らしく香ばしいソースだった。

ポニーテイルの青年が、私たちのグラスに赤ワインを注いでくれた。一時間ほど前にボトルを開け、デキャンターに移しておいたのだと免色は言った。

「空気がうまく入って、ちょうど飲み頃になっているはずです」

空気のことはよくわからないが、ずいぶん味わいの深いワインだった。最初に舌に触れたときと、口の中にしっかり含んだときと、それを飲み下したときの味がすべてそれぞれに違う。まるで角度や光線によって美しさの傾向が微妙に違って見えるミステリアスな女性のように。そして後味が心地よく残る。

「ボルドーです」と免色は言った。「能書きは省きます。ただのボルドーです」

「しかしいったん能書きを並べ始めると、ずいぶん長くなりそうなワインですね」

免色は笑みを浮かべた。目の脇に心地よく皺《しわ》が寄った。「おっしゃるとおりです。能書きを並べ始めると、ずいぶん長くなりそうだ。でもワインの能書きを並べるのが、私はあまり好きじゃありません。何によらず効能書きみたいなものが苦手です。ただのおいしいワイン——それでいいじゃないですか」

もちろん私にも異存はなかった。

私たちが飲んだり食べたりする様子を、騎士団長はずっと飾り棚の上から眺めていた。彼は終始身動きすることもなく、そこにある光景を細部まで克明に観察していたが、自分が目にしたものについてとくに感想は持たないようだった。本人がいつか言ったとおり、彼はすべての物事をただ眺めるだけなのだ。それについて何かを判断するわけではないし、好悪《こうお》の情を持つわけでもない。ただ純粋な第一次情報を収集しているだけなのだ。

私とガールフレンドが午後のベッドの上で交わっているあいだも、彼はこのようにして私たちをじっと眺めていたのかもしれない。その光景を想像すると、なんとなく落ち着かない気持ちになった。彼は人がセックスをしているところを見ても、それはラジオ体操や煙突掃除を眺めているのとまったく変わりないのだと私に言った。たしかにそのとおりかもしれない。しかし見られている方が落ち着かない気持ちになるのもまた事実だ。

一時間半ほどをかけて、免色と私はようやくデザート（スフレ）とエスプレッソにまでたどり着いた。長い、しかし充実した道のりだった。そこでシェフが初めて調理場から出てきて、食卓に顔を見せた。白い調理用の衣服に身を包んだ、背の高い男だった。おそらく三十代半ば、頬から顎《あご》にかけてうっすら黒い鬚《ひげ》をはやしていた。彼は私に丁寧に挨拶《あいさつ》をした。

「素晴らしい料理でした」と私は言った。「こんなにおいしい料理を口にしたのは、ほとんど初めてです」

それは私の正直な感想だった。これほどの凝った料理をつくる料理人が、小田原の漁港近くで人知れず小さなフレンチ・レストランを経営しているというのが、まだうまく信じられなかった。

「ありがとうございます」と彼はにこやかに言った。「免色さんにはいつもとてもお世話になっているんです」

そして一礼して台所に下がっていった。

「騎士団長も満足されたでしょうか？」、シェフが下がったあとで免色が心配そうな顔で私にそう尋ねた。その表情には演技的な要素は見当たらなかった。少なくとも私の目には、彼は本当にそのことを心配しているように見えた。

「きっと満足しているはずですよ」と私も真顔で言った。「こんな素晴らしい料理を口にできなかったことはもちろん残念ですが、場の雰囲気だけでもじゅうぶん楽しめたはずです」

「だといいのですが」

いいい、もちろんずいぶん喜んでおるよ、と騎士団長が私の耳元で囁いた。

免色は食後酒を勧めたが、私は断った。これ以上はもう何も入らない。彼はブランディーを飲んだ。

「ひとつあなたにうかがいたいことがありました」と免色は大ぶりなグラスをゆっくり回しながら言った。「妙な質問なので、あるいはお気を悪くされるかもしれませんが」

「どうぞなんでも質問してください。ご遠慮なく」

彼はブランディーを軽く口に含み、味わった。そしてグラスを静かにテーブルの上に置いた。

「雑木林の中のあの穴のことです」と免色は言った。「あの石室に先日、私は一時間ばかり入っていました。懐中電灯も持たず、穴の底に一人きりで座っていました。そして穴には蓋《ふた》がされ、石の重しが置かれました。そして私はあなたに『一時間後に戻ってきて、私をここから出してください』とお願いしました。そうでしたね？」

「そのとおりです」

「どうしてそんなことを私がしたと思います？」

わからないと私は正直に言った。

「それが私にとって必要だったからです」と免色は言った。「うまく説明はできないのですが、ときどきそれをすることが私には必要になります。狭い真っ暗な場所に、完全な沈黙の中に、一人ぼっちで置き去りにされることです」

私は黙って次の言葉を待った。

免色は続けた。「そして私のあなたへの質問というのはこういうことです。あなたはその一時間のあいだに、私をあの穴の中に置き去りにしたいという気持ちをちらりとでも抱きませんでしたか？　私を暗い穴の底に、あのままずっと放っておこうという誘惑には駆られませんでしたか？」

彼の言わんとすることが私にはうまく理解できなかった。「置き去りにする？」

免色は右のこめかみに手をやり、そっとこすった。まるで何かの傷跡を確かめるみたいに。それから言った。「つまりこういうことです。私はあの深さ三メートル近く、直径二メートルほどの穴の底にいました。梯子《はしご》も引き上げられていました。まわりの石壁はずいぶん密に積まれていて、よじ登ることはとてもできません。しっかりと蓋もされています。あんな山の中ですから、大きな声で叫んでも鈴を振り続けても、誰の耳にも届きません――もちろんあなたの耳には届くかもしれませんが。つまり私が自分一人の力で地上に戻ることはかなわないということです。もしあなたが戻ってこなければ、私はいつまでもあの穴の底にいなくてはならなかった。そうですね？」

「そういうことになるかもしれません」

彼の右手の指はまだこめかみの上にあった。それは動きを止めていた。「それで私が知りたいのは、その一時間のあいだに、『そうだ、あの男を穴から出してやるのはよそう。ずっとあのままにしておいてやろう』という考えが、ちらりとでもあなたの頭をよぎりはしなかったかということです。決して気を悪くしたりはしませんから、正直に答えていただきたいのです」

彼は指をこめかみから離し、ブランディー・グラスをもう一度手にとり、またゆっくりと宙で回した。しかし今回はグラスに口をつけなかった。目を細めて匂《にお》いを嗅《か》いで、テーブルの上に戻しただけだった。

「そんなことはまったく頭に浮かびませんでした」と私は正直に答えた。「ほんのちらりとも。一時間経《た》ったら、蓋をとってあなたを外に出さなくては、ということしか頭にはなかったと思います」

「本当に？」

「百パーセント本当です」

「もし仮に私があなたの立場であったなら……」と免色は打ち明けるように言った。その声はとても穏やかだった。「私はきっとそのことを考えていたはずです。あなたをあの穴の中に永遠に置き去りにしたいという誘惑に駆られていたに違いありません。これはまたとない絶好の機会だと」

私にはうまく言葉が出てこなかった。だから黙っていた。

免色は言った。「穴の中で私はずっとそのことを考えていました。もし自分があなたの立場にいたら、きっとそのように考えるに違いないと。なんだか不思議なものですね。実際にはあなたが地上にいて、私が穴の中にいたのに、私はずっと自分が地上にいて、あなたが穴の底にいることばかり想像していました」

「でも、もしあなたに穴の中に置き去りにされたら、ぼくはそのまま飢え死にしかねません。本当に鈴を鳴らしながらミイラになってしまうかもしれない。それでもかまわないということですか？」

「ただの想像です。妄想と言っていいかもしれない。もちろん実際にそんなことをするわけはありません。ただ頭の中で想像を働かせているだけです。だから心配しないでください。頭の中で仮説としてもてあそんでいるだけです。死というものを、というか、あなたがそのような誘惑をまったく感じなかったということの方が、私にとってはむしろ不可解なくらいなのです」

私は言った。「免色さんはあのとき暗い穴の底に一人きりでいて、怖くはなかったのですか？　ぼくがそのような誘惑に駆られて、あなたを穴の底に置き去りにするかもしれないという可能性を頭に置きながら」

免色は首を振った。「いいえ、怖くはありませんでした。というか、心の底ではあなたが実際にそうするのを期待していたのかもしれません」

「期待していた？」と私は驚いて言った。「つまりぼくがあなたを穴の底に置き去りにすることをですか？」

「そのとおりです」

「つまりあの穴の底で見殺しにされてもいいと考えておられたわけですか？」

「いや、死んでしまってもいいとまで考えていたわけじゃありません。私だってまだこの生に少しは未練があります。それに飢え死に、渇き死にするのは私の好みの死に方ではありません。私はただあと少しでもいいから、より死に近接してみたかったというだけです。その境界線がとても微妙なものだということは承知の上で」

私はそれについて考えてみた。免色の言うことはまだうまく理解できなかった。私は騎士団長の方にさりげなく目をやった。騎士団長はまだその飾り棚の上に腰掛けていた。彼の顔にはどのような表情も浮かんでいなかった。

免色は続けた。「暗くて狭いところに一人きりで閉じこめられていて、いちばん怖いのは、死ぬことではありません。何より怖いのは、永遠にここで生きていなくてはならないのではないかと考え始めることです。そんな風に考えだすと、恐怖のために息が詰まってしまいそうになります。まわりの壁が迫ってきて、そのまま押しつぶされてしまいそうな錯覚に襲われます。そこで生き延びていくためには、人はなんとしてもその恐怖を乗り越えなくてはならない。自己を克服するということです。そしてそのためには死に限りなく近接することが必要なのです」

「しかしそれは危険を伴う」

「太陽に近づくイカロスと同じことです。近接の限界がどこにあるのか、そのぎりぎりのラインを見分けるのは簡単ではない。命をかけた危険な作業になります」

「しかしその近接を避けていては、恐怖を乗り越え自己を克服することはできない」

「そのとおりです。それができなければ、人はひとつ上の段階に進むことができません」と免色は言った。そしてしばらくのあいだ何かを考えているようだった。それから唐突に――私から見ればそれは突然の動作に思えた――席から立ち上がり、窓のところに行って、外に目をやった。

「まだ少しばかり雨が降っているようですが、たいした雨じゃない。少しテラスに出ませんか？　お見せしたいものがあるんです」

私たちは食堂から階上の居間に移り、そこからテラスに出た。南欧風のタイル張りの広々としたテラスだった。我々は木製の手すりに寄りかかるようにして、谷間の風景を眺めた。まるで観光地の見晴台のように、そこから谷間を一望することができた。細かい雨はまだ降っていたが、今ではほとんど霧に近い状態になっていた。谷を挟んだ向かいの山の家々の明かりは、まだ明るくともっていた。同じひとつの谷を挟んでいても、反対側から眺めると風景の印象がずいぶん違うものだ。

テラスの一部には屋根が張り出していて、その下に日光浴用、あるいは読書用の寝《ね》椅子《いす》が置かれていた。飲み物や本を載せるための、グラス・トップの低いテーブルがその隣にある。緑の葉をつけた観葉植物の大きな鉢があり、ビニールのカバーをかぶせられた丈の高い器具のようなものが置いてあった。壁にはスポットライトもついていたが、そのスイッチは入れられていなかった。居間の照明もほの暗く落とされていた。

「うちはどのあたりになるのでしょう？」と私は免色に尋ねた。

免色は右手の方向を指さした。「あのあたりです」

私はそちらの方に目をこらしてみたが、家の明かりがまったくついていないことと、霧のような雨が降っていることのために、うまく見定められなかった。よくわからないと私は言った。

「ちょっと待ってください」と免色は言って、寝椅子のある方に歩いて行った。そして何かの器具の上にかぶせられたビニールのカバーを取り、こちらにそれを抱えて持ってきた。三脚付きの双眼鏡らしきものだった。それほど大きなものではないが、普通の双眼鏡とは違う不思議な格好をしていた。色はくすんだオリーブ・グリーンで、形状の無骨さのせいで測量用の光学機器のように見えなくもない。彼はそれを手すりの前に置き、方向を調整し慎重に焦点を合わせた。

「ご覧になってください。これがあなたの住んでおられるところです」と彼は言った。

私はその双眼鏡をのぞいてみた。鮮明な視野を持つ倍率の高い双眼鏡だった。量販店で売っているようなありきたりのものではない。霧雨の淡いヴェールを通して、遠方の光景が手に取るように見えた。そしてたしかにそれは私が暮らしている家だった。テラスが見える。私がいつも座っているデッキチェアがある。その奥には居間があり、隣には私が絵を描いているスタジオがある。明かりが消えているので家の中まではうかがえない。しかし昼間なら少しは見えるかもしれない。自分の住んでいる家をそんな風に眺めるのは（あるいは覗《のぞ》くのは）、不思議な気持ちのすることだった。

「安心してください」と免色は私の心を読んだように背後から声をかけた。「ご心配には及びません。あなたのプライバシーを侵害するようなことはしていません。というか、実際にあなたのお宅にこの双眼鏡を向けたことはほとんどありません。信用してください。私の見たいものは他にあるからです」

「見たいもの？」と私は言った。そして双眼鏡から目を離し、振り返って免色の顔を見た。免色の顔はあくまで涼しげで、相変わらず何も語っていなかった。ただ夜のテラスの上で、彼の白髪はいつもよりずっと白く見えた。

「お見せします」と免色は言った。そしていかにも馴《な》れた手つきで双眼鏡の向きを少しだけ北の方に回し、素早く焦点を合わせた。そして一歩後ろに下がって私に言った。「ご覧になってください」

私は双眼鏡をのぞいてみた。その丸い視野の中に、山の中腹に立っている瀟洒《しょうしゃ》な板張りの住宅が見えた。やはり山の斜面を利用して建てられた二階建てで、こちらに向けてテラスがついている。地図の上ではうちのお隣ということになるのだろうが、地形の関係で互いに行き来する道はないから、下から別々の道路を上ってアクセスしなくてはならない。家の窓には明かりがついていた。しかし窓にはカーテンが引かれており、中の様子まではうかがえなかった。しかしもしカーテンが開けられていたら、そして部屋の明かりがついていたら、中にいる人の姿をかなりはっきり目にできるはずだ。これだけ高い性能を有する双眼鏡ならそれくらいはじゅうぶん可能だろう。

「これはNATOが採用している軍用の双眼鏡です。市販はしていないので、手に入れるのに少しばかり苦労しました。明度がきわめて高く、暗い中でもかなり明瞭《めいりょう》に像を見定めることができます」

私は双眼鏡から目を離し免色を見た。「この家が免色さんが見たい、、、ものなのですか？」

「そうです。でも誤解してもらいたくないのですが、私は覗きをやっているわけではありません」

彼は最後に双眼鏡をもう一度ちらりとのぞき、それから三脚ごと元あった場所に戻し、上からビニールのカバーを掛けた。

「中に入りましょう。冷えるといけませんから」と免色は言った。そして我々は居間に戻った。我々はソファと安楽椅子に腰をかけた。ポニーテイルの青年が顔を見せ、何か飲み物はほしいかと尋ねたが、我々はそれを断った。免色は青年に向かって、今夜はどうもありがとう、ご苦労様、二人とももう引き上げてもらってけっこうだ、と言った。青年は一礼し引き下がった。

騎士団長は今ではピアノの上に腰掛けていた。真っ黒なスタインウェイのフル・グランドに。彼はその場所が前の場所より気に入っているように見えた。長剣の柄についた宝玉が明かりを受けて誇らしげにきらりと光った。

「今ご覧になったあの家には」と免色は切り出した。「私の娘かもしれない少女が住んでいます。私はその姿を遠くから、小さくてもいいからただ見ていたいのです」

私は長いあいだ言葉を失っていた。

「覚えておられますか？　私のかつての恋人が他の男と結婚して生んだ娘が、あるいは私の血を分けた子供であるかもしれないという話を？」

「もちろん覚えています。その女性はスズメバチに刺されて亡《な》くなってしまって、娘さんは十三歳になっている。そうですね？」

免色は短く簡潔に肯《うなず》いた。「彼女は父親と一緒に、あの家に住んでいます。谷の向かい側に建ったあの家に」

頭の中にわき起こったいくつかの疑問を整ったかたちにするのに時間が必要だった。免色はそのあいだじっと黙して、私が感想らしきものを口にするのを辛抱強く待っていた。

私は言った。「つまりあなたは、ご自分の娘かもしれないその少女の姿を日々双眼鏡を通して見るために、谷間の真向かいにあるこの屋敷を手に入れた。ただそれだけのために多額の金を払ってこの家を購入し、多額の金を使って大改装をした。そういうことなのですか？」

免色は肯いた。「ええ、そういうことです。ここは彼女の家を観察するには理想的な場所です。私は何があってもこの家を手に入れなくてはなりませんでした。他にこの近辺に建築許可の下りそうな土地はひとつもなかったものですから。そして以来、毎日のようにこの双眼鏡を通して、谷間の向かいに彼女の姿を探し求めています。とはいってもその姿を目にできる日よりは、目にできない日の方が遥《はる》かに多いのですが」

「だから邪魔が入らないように、できるだけ人を入れないで、一人でここに暮らしておられる」

免色はもう一度肯いた。「そうです。誰にも邪魔をしてもらいたくない。場を乱してほしくない。それが私の求めていることです。私はここで無制限の孤独を必要としているのです。そして私の他にこの秘密を知っているのは、この世界にあなた一人しかいません。こんな微妙なことは迂闊《うかつ》に人に打ち明けられませんからね」

そのとおりだろう、と私は思った。そして当然ながらこうも思った。じゃあどうして今、彼は私にそのことを打ち明けているのだろう？

「じゃあ、どうして今ここでぼくにそれを打ち明けるんですか？」と私は免色に尋ねてみた。「何か理由があってのことなのでしょうか？」

免色は脚を組み直し、私の顔をまっすぐ見た。そしてひどく静かな声で言った。

「ええ、もちろんそうするには理由があります。あなたに折り入ってひとつお願いしたいことがあるのです」

# 25

# 真実がどれほど深い孤独を人にもたらすものか

「あなたに折り入ってひとつお願いしたいことがあるのです」と免色は言った。

その声音から、彼はその話を切り出すタイミングを前々からずっとはかっていたのだろうと私は推測した。そしておそらくはそのために私を（また騎士団長を）この夕食会に招待したのだ。個人的な秘密を打ち明け、その頼みごとを持ち出すために。

「それがもしぼくにできることであれば」と私は言った。

免色はしばらく私の目をのぞきこんでいた。それから言った。「それは、あなたにできることというよりは、あなたにしかできないことなんです」

突然なぜか煙草《たばこ》が吸いたくなった。私は結婚するのを機に喫煙の習慣を断ち、それ以来もう七年近く、煙草を一本も吸っていない。かつてはヘビースモーカーだったから、禁煙はかなりの苦行だったが、今では吸いたいと思うこともなくなっていた。しかしこの瞬間、煙草を一本口にくわえてその先端に火をつけられたらどんなに素敵だろうと、ずいぶん久しぶりに思った。マッチをする音まで聞こえてきそうだった。

「いったい、どんなことなのでしょう？」と私は尋ねた。それがどんなことかとくに知りたいわけではなかったし、できれば知らずに済ませたかったが、話の流れとしてやはりそう尋ねないわけにはいかなかった。

「簡単に言いますと、あなたに彼女の肖像画を描いていただきたいのです」と免色は言った。

私は彼の口にした文脈を頭の中でいったんばらばらに解体し、もう一度並べ直さなくてはならなかった。とてもシンプルな文脈だったのだけれど。

「つまり、あなたの娘さんかもしれないその女の子の肖像画を、ぼくが描くということですね」

免色は肯いた。「そのとおりです。それがあなたにお願いしたかったことです。それも写真から起こしたりするのではなく、実際に彼女を目の前に置いて、彼女をモデルにして絵を描いていただきたいのです。ちょうど私を描いたときと同じように、あなたのうちのスタジオに彼女に来てもらって。それが唯一《ゆいいつ》の条件です。どのような描き方をするかはもちろんあなたにお任せします。好きなように描いていただいてけっこうです。あとのことは一切注文はつけません」

私はしばらくのあいだ言葉を失ってしまった。疑問はいくつもあったが、いちばん最初に頭に浮かんだ実際的な疑問を私は口にした。「しかし、どうやってその女の子を説得するのですか？　いくら近所に住んでいるとはいえ、まったく見ず知らずの女の子に『肖像画を描きたいからそのモデルになってくれないか』と持ちかけるわけにもいかないでしょう」

「もちろんです。そんなことをしたら怪しまれ、警戒されるだけです」

「じゃあ、何か良い考えをお持ちなんですか？」

免色はしばらく何も言わず私の顔を見ていた。それからまるで静かにドアを開けて、奥の小部屋に足を踏み入れるみたいに、おもむろに口を開いた。「実をいいますと、あなたは既に彼女を知っています。そして彼女もあなたのことをよく知っています」

「ぼくは彼女のことを知っている？」

「そうです。その娘の名前は秋川まりえといいます。秋の川に、まりえは平仮名のまりえです。ご存じでしょう？」

秋川まりえ。その名前の響きには間違いなく聞き覚えがあった。しかしその名前と名前の持ち主とが、なぜかうまくひとつに結びつかなかった。まるで何かにブロックされているみたいに。でも少しして記憶がはっと戻ってきた。

私は言った。「秋川まりえは小田原の絵画教室に来ている女の子ですね？」

免色は肯いた。「そうです。そのとおりです。あなたはあの教室で、講師として彼女に絵の指導をしています」

秋川まりえは小柄で無口な十三歳の少女だった。彼女は私の受け持っている子供のための絵画教室に通っていた。いちおう小学生が対象とされている教室だから、中学生である彼女は最年長だったが、おとなしいせいだろう、小学生たちに混じっていてもまったく目立たなかった。まるで気配を殺すように、いつも隅の一方に身を寄せていた。私が彼女のことを覚えていたのは、彼女が私の亡くなった妹にどこか似た雰囲気を持っており、しかも年齢が妹の死んだときの年齢とだいたい同じだったからだ。

教室の中で秋川まりえはほとんど口をきかなかった。私が何かを話しかけてもこっくりと肯くだけで、言葉はあまり口にしない。何かを言わなくてはならないときは、とても小さな声で話したので、しばしば聞き返さなくてはならなかった。緊張が強いらしく、私の顔を正面から見ることもできないらしかった。ただ絵を描くのは好きなようで、絵筆を持って画面に向かうと目つきが変わった。両目の焦点がくっきり結ばれ、鋭い光が宿った。そしてなかなか興味深い面白い絵を描いた。決して上手というのではないが、人目を惹《ひ》く絵だった。とくに色使いが普通とは違う。どことなく不思議な空気を持った少女だった。

黒い髪は流れるようにまっすぐ艶《つや》やかで、目鼻立ちは人形のそれのように端正だった。ただあまりにも端正過ぎるために、顔全体として眺めると、どことなく現実から乖離《かいり》したような雰囲気が感じられた。客観的に見れば顔立ちは本来美形であるはずなのに、ただ素直に「美しい」と言い切ってしまうことに、人はなんとなく戸惑いを抱くのだ。何かが——おそらくある種の少女たちが成長期に発散する独特の生硬《せいこう》さのようなものが——そこにあるべき美しい流れを妨げているのだ。でもいつか、何かの拍子にそのつっかえが取り払われたとき、彼女は本当に美しい娘になるかもしれない。しかしそれまでには今しばらく時間がかかりそうだった。思い出すと、私の死んだ妹の顔立ちにもいくらかそういう傾向があった。もっと美しくてもいいはずなのに、とよく私は思ったものだ。

「秋川まりえはあなたの実の娘であるかもしれない」そしてこの谷間の向かい側の家に住んでいる」と私は更新された文脈をあらためて言葉にした。「彼女にモデルになってもらって、ぼくがその肖像画を描く。それがあなたの求めていることなのですか？」

「そうです。ただ個人的な気持ちとしては、私はあなたにその絵を依頼しているわけではありません。私はあなたにお願いしているのです。絵が出来上がったら、そしてもちろんあなたさえよろしければ、私がそれを買い取らせてもらいます。そしていつでも見られるように、この家の壁に飾ります。それが私の求めていることです。というか、お願いしていることです」

しかしそれでもまだ、私には話の筋が今ひとつ素直に呑《の》み込めなかった。物事はそれだけでは終わらないのではないかという微《かす》かな危惧《きぐ》があった。

「求めておられるのは、ただそれだけなのですか？」と私は尋ねてみた。

免色はゆっくりと息を吸い込み、それを吐いた。「正直に言いますと、もうひとつだけお願いしたいことがあります」

「どんなことでしょう？」

「とてもささやかなことです」と彼は静かな、しかし僅《わず》かにこわばりの感じられる声で言った。「あなたが彼女をモデルにして肖像画を描いているときに、お宅を訪問させていただきたいのです。あくまでたまたまふらりと立ち寄ったという感じで。一度だけでいい、そしてほんの短いあいだでかまいません。彼女と同じ部屋の中にいさせてください。同じ空気を吸わせてください。それ以上は望みません。また決してあなたのご迷惑になるようなことはしません」

それについて考えてみた。そして考えれば考えるほど、居心地の悪さを感じることになった。何かの仲介役になったりすることを私は生来苦手としている。他人の強い感情の流れに――それがどのような感情であれ――巻き込まれるのは好むところではない。それは私の性格に向いた役柄ではなかった。しかし免色のために何かをしてやりたいという気持ちが私の中にあることもまた確かだった。どのように返事をすればいいのか、慎重に考えなくてはならない。

「そのことはまたあとであらためて考えましょう」と私は言った。「とりあえずの問題は、そもそも秋川まりえが絵のモデルになることを承諾してくれるだろうかということです。それをまず解決しなくてはなりません。とてもおとなしい子供ですし、猫のように人見知りをします。絵のモデルになんかなりたくないと言うかもしれません。あるいは親が、そんなことは許可できないというかもしれません。ぼくがどういう素性の人間なのかもわからないわけですから、当然警戒もするでしょう」

「私は絵画教室の主宰者である松嶋《まつしま》さんを個人的によく知っています」と免色は涼し

げな声で言った。「それに加えて、私はたまたまあの教室の出資者というか後援者の一人でもあります。松嶋さんがあいだに入って口を添えてくれれば、話は比較的円滑に進むのではないでしょうか。あなたが間違いのない人物であり、キャリアを積んだ画家であり、自分がそれを保証すると彼が言えば、親もおそらく安心するでしょう」

この男はすべてを計算してことを進めているのだ、と私は思った。彼は起こりそうなことをあらかじめ予測し、囲碁の布石《ふせき》のように、ひとつひとつ前もって適切な手を打っておいたのだ。たまたまなんてことはあり得ない。

免色は続けた。「日常的に秋川まりえの世話をしているのは、彼女の独身の叔母さんです。父親の妹です。前にも申し上げたと思いますが、母親が亡くなったあとその女性があの家に同居して、まりえの母親代わりをつとめてきました。父親には仕事があり、日常の世話をするには忙しすぎますから。ですからその叔母さんさえ説得すれば、ものごとはうまく運ぶはずです。秋川まりえがモデルになることを承諾したときには、おそらく彼女が保護者としてお宅まで付き添ってくるはずです。男が一人暮らしをしている家に、女の子を単独で行かせるというようなことはまずないでしょうから」

「でもそううまく秋川まりえがモデルになることを承諾してくれるでしょうか？」

「それについては任せてください。あなたさえ彼女の肖像を描くことに同意してくだされば、あとのいくつかの実務的な問題は私が手をまわして解決します」

私はもう一度考え込んでしまった。おそらくこの男はそこにある「いくつかの実務的な問題」を「手をまわして」うまく解決していくことだろう。もともとそういうことを得意としている人物なのだ。しかしそこまで自分がその問題に——おそろしくややこしく入り組んだ人間関係に——深く関わってしまっていいものだろうか。そこにはまた免色が私に明かした以上の、計画なり思惑なりが含まれているのではあるまいか？

「ぼくの正直な意見を言ってかまいませんか？　余計なことかもしれませんが、あくまで常識的な見解として聞いていただきたいのです」と私は言った。

「もちろんです。なんでも言ってください」

「ぼくは思うのですが、この肖像画のプランを実際に実行に移す前に、秋川まりえが本当にあなたの実子なのかどうか、調べる手立てを講じられたほうがいいのではないでしょうか？　その結果もし彼女があなたの実子でないとわかれば、わざわざそんな面倒なことをする必要はないわけです。調べるのは簡単ではないかもしれませんが、たぶん何かうまい方法はあるはずです。免色さんならきっとその方法くらい見つけられるでしょう。ぼくが彼女の肖像画を描けたとしても、そしてその絵があなたの肖像画の隣にかけられたとしても、それで問題が解決に向かうわけじゃありません」

免色は少し間を置いて答えた。「秋川まりえが私の血を分けた子供なのかどうか、医学的に正確に調べようと思えば調べられると思います。いくらか手間はかかるでしょうが、やってできなくはありません。しかし私はそういうことをしたくないのです」

「どうしてですか？」

「秋川まりえが私の子供なのかどうか、それは重要なファクターではないからです」

私は口を閉ざして免色の顔を見ていた。彼が首を振ると、豊かな白髪が風にそよぐように揺れた。それから彼は穏やかな声で言った。まるで頭の良い大型犬に簡単な動詞の活用を教えるみたいに。

「どちらでもいいというのではありません、もちろん。ただ私はあえて真実をつきとめたいとは思わないのです。秋川まりえは私の血を分けた子供であるかもしれない。そうではないかもしれない。でももし仮に彼女が私の実の子供であったと判明して、そこで私はいったいどうすればいいのですか？　私が君の本当の父親なんだよと名乗り出ればいいのですか？　まりえの養育権を求めればいいのですか？　いや、そんなことはできっこありません」

免色はもう一度軽く首を振り、膝《ひざ》の上でしばらく両手をこすり合わせた。まるで寒い夜に暖炉の前で身体《からだ》を温めているみたいに。そして話を続けた。

「秋川まりえは今のところ、父親と叔母と一緒にあの家で平穏に暮らしています。母親は亡くなりましたが、それでも家庭は――父親にいくらか問題はあるものの――比較的健全に運営されているようです。少なくとも彼女は叔母になついています。彼女には彼女なりの生活ができあがっています。そこに出し抜けに私がまりえの実の父親だと名乗り出て、それが真実であることが科学的に証明されたとして、それで話がすんなりうまく収まるでしょうか？　真実はむしろ混乱をもたらすだけです。その結果おそらく誰も幸福にはなれないでしょう。もちろん私も含めて」

「つまり、真実を明らかにするよりは、今の状況をこのままとどめておきたいと」

免色は膝の上で両手を広げた。「簡単に言えばそういうことです。その結論に達するまでには時間がかかりました。しかし今では私の気持ちは固まっています。『秋川まりえは自分の実の娘かもしれない』という可能性を心に抱いたまま、これからの人生を生きていこうと私は考えています。私は彼女の成長を、一定の距離を置いたところから見守っていくことでしょう。それで十分です。たとえ彼女が実の娘であるとわかっても、私はまず幸福にはなれません。喪失がより痛切なものになるだけでしょう。そしてもし彼女が自分の実の娘ではないとわかったら、それはそれで、別の意味で私の失望は深いものになります。あるいは心が挫《くじ》けてしまうかもしれない。どちらに転んでも、好ましい結果が生まれる見込みはありません。言わんとすることはおわかりいただけますか？」

「おっしゃっていることはおおよそ理解できます。論理としては。でももしぼくがあなたの立場にあるとすれば、やはり真実を知りたいと思うはずです。論理はさておき、本当のことを知りたいと望むのが人間の自然な感情でしょう」

免色は微笑《ほほえ》んだ。「それはまだあなたがお若いからです。私ほどの年齢になれば、あなたにもきっとこの気持ちがおわかりになるはずです。真実がときとしてどれほど深い孤独を人にもたらすかということが」

「そしてあなたが求めているのは、唯一無二の真実を知ることではなく、彼女の肖像画を壁にかけて日々眺め、そこにある可能性について思いを巡らせること――本当にそれだけでかまわないのですか？」

免色は肯いた。「そうです。私は揺らぎのない真実よりはむしろ、揺らぎの余地のある可能性を選択します。その揺らぎに我が身を委《ゆだ》ねることを選びます。あなたはそれを不自然なことだと思いますか？」

私にはそれはやはり不自然なことに思えた。少なくとも自然なこととは思えなかった。不健康とまでは言えないにせよ。しかしそれは結局のところ免色の問題であって、私の問題ではない。

私はスタインウェイの上の騎士団長に目をやった。騎士団長と私の目が合った。彼は両手の人差し指を宙に上げ、左右に広げた。どうやら〈その返答は先延ばしにしろ〉ということらしかった。それから彼は右手の人差し指で左手首の腕時計を指さした。もちろん騎士団長は腕時計なんてはめていない。腕時計のあるあたりを指さしたということだ。そしてもちろんそれが意味するのは、〈そろそろここを引き上げた方がいい〉ということだった。それは騎士団長からのアドバイスであり、警告だった。私はそれに従うことにした。

「あなたのお申し出についての返答は、少し待っていただけますか？　いささか微妙な問題ですし、ぼくにも落ち着いて考える時間が必要です」

免色は膝に置いた両手を宙に上げた。「もちろんです。もちろん、ゆっくり心ゆくまで考えてください。急がせるつもりはまったくありません。私はあなたに多くのことをお願いしすぎているかもしれない」

私は起《た》ち上がって夕食の礼を言った。

「そうだ、ひとつあなたにお話ししようと思って、忘れていたことがあります」と免色は思い出したように言った。「雨田具彦さんのことです。以前、彼がオーストリアに留学していたときの話が出ましたね。そしてヨーロッパで第二次大戦が勃発《ぼっぱつ》する直前に、彼がウィーンから急遽《きゅうきょ》引き上げてきたことについて」

「ええ、覚えています。そんな話をしました」

「それで少しばかり資料をあたってみたんです。私もそのあたりの経緯にいささか興味があったものですから。まあずいぶん古い話ですし、ことの真相ははっきりとはわかりません。しかし当時から噂《うわさ》は囁《ささや》かれていたようです。一種のスキャンダルとして」

「スキャンダル？」

「ええ、そうです。雨田さんはウィーンでとある暗殺未遂事件に巻き込まれ、それが政治的な問題にまで発展しそうになり、ベルリンの日本大使館が動いて彼を密《ひそ》かに帰国させた、そういう噂が一部にはあったようです。アンシュルスの直後のことです。アンシュルスのことはご存じですね」

「一九三八年におこなわれたドイツによるオーストリアの併合ですね」

「そうです。オーストリアはヒットラーによってドイツに組み込まれました。政治的なごたごたの末に、ナチスがオーストリア全土をほとんど強権的に掌握し、オーストリアという国家は消滅してしまった。一九三八年三月のことです。もちろんそこでは数多くの混乱が生じました。どさくさに紛れて少なからぬ数の人が殺害されました。暗殺されたり、自殺に見せかけて殺されたり、あるいは強制収容所に送られたり。雨田具彦がウィーンに留学していたのはそのような激動の時代だったのです。噂によれば、ウィーン時代の雨田具彦には深い仲になったオーストリア人の恋人がいて、その繋《つな》がりで彼も事件に巻き込まれたようです。どうやら大学生を中心とする地下抵抗組織が、ナチの高官を暗殺する計画をたてていたらしい。それはドイツ政府にとっても、日本政府にとっても好ましい出来事ではありませんでした。その一年半ほど前に日独防共協定が結ばれたばかりで、日本とナチス・ドイツとの結びつきは日を追って強くなっていました。だからその友好関係を阻害するような事態が持ち上がることは極力避けたいという事情が、両国ともにありました。そしてまた雨田具彦氏は若いけれど、日本国内では既にある程度名を知られた画家でもあり、それに加えて彼の父親は大地主で、政治的発言力を持つ地方の有力者でした。そういう人物を人知れず抹殺してしまうわけにもいきません」

「そして雨田具彦はウィーンから日本に送還された？」

「そうです。送還されたというよりは、救出されたと言った方が近いかもしれない。上の方の〈政治的配慮〉によって九死に一生を得たというところでしょう。そんな重大な容疑でゲシュタポに引っ張られたら、仮に明確な証拠がなかったとしても、まず命はありませんから」

「しかし暗殺計画は実現しなかった？」

「あくまで未遂に終わりました。その計画をたてた組織の内部には通報者がいて、情報はすべてゲシュタポに筒抜けであったということです。だから組織のメンバーは一網打尽に逮捕されてしまった」

「そんな事件があったら、かなり大きな騒ぎになっていたでしょうね」

「ところが不思議なことに、その話はまったく世の中に流布《るふ》していません」と免色は言った。「スキャンダルとして密かに囁かれていただけで、公的記録も残されていないみたいです。それなりの理由があって、事件は闇《やみ》から闇へと葬《ほうむ》られたらしい」

とすれば、彼の絵『騎士団長殺し』の中に描かれている「騎士団長」とはナチの高官のことだったのかもしれない。あの絵は一九三八年のウィーンで起こるべきであった（しかし実際には起こらなかった）暗殺事件を仮想的に描写したものなのかもしれない。事件には雨田具彦とその恋人が関連している。その計画は当局に露見し、その結果二人は離ればなれになり、たぶん彼女は殺されてしまった。彼は日本に帰ってきてから、そのウィーンでの痛切な体験を、日本画のより象徴的な画面に移し替えたのだ。つまりそれを千年以上昔の飛鳥時代の情景に「翻案」したわけだ。『騎士団長殺し』はおそらくは雨田具彦が自分自身のために描いた作品だったのだろう。彼は青年時代の厳しく血なまぐさい記憶を保存するために、その絵を自らのために描かないわけにはいかなかった。だからこそ彼は描きあげた『騎士団長殺し』を公《おおやけ》にすることなく、堅く包装して家の屋根裏に人目につかないように隠していた。

あるいは日本に戻ってきた雨田具彦が、洋画家としてのキャリアをきっぱりと捨て、日本画に転向することになった理由のひとつは、そのウィーンでの事件にあったのかもしれない。彼は過去の自分自身と決定的に離別したかったのかもしれない。

「あなたはどうやってそれだけのことを調べられたのですか?」と私は尋ねた。

「私が実際にあちこちを歩き回って調べたわけではありません。知り合いのある団体に頼んで調査してもらったんです。ただそうとう昔の話になりますし、話のどこまでが確実な事実なのか責任は持てません。しかし複数のソースにあたったから、基本的には情報として信頼できるはずです」

「雨田具彦さんにはオーストリア人の恋人がいた。彼女は地下抵抗組織のメンバーだった。そして彼もその暗殺計画に加わることになった」

免色は首を少し傾けた。そして言った。「もしそうであればなかなか劇的な展開ですが、事情を知る関係者はほとんど死んでいます。真実が正確にいかなるものであったか、もはや我々には知るすべもなさそうです。事実は事実として、そういう話にはだいたい尾ひれがつくものです。しかしいずれにせよメロドラマのような筋書きだ」

「彼自身がどの程度深くその計画に関係していたかまではわからない？」

「ええ、そこまではわかりません。私はただメロドラマの筋書きを勝手に思い描いているだけです。とにかくそのような経緯で雨田具彦氏はウィーンから追放され、恋人に別れを告げて――あるいは別れを告げることさえできず――ブレーメン港から客船に乗せられ日本に帰国しました。戦争中は阿蘇の田舎にこもって深い沈黙を守り、戦後まもなく日本画家として再デビューを果たし、人々を驚かせた。これもまたなかなかにドラマチックな展開です」

そこで雨田具彦についての話は終わった。

来たときと同じ黒いインフィニティが家の前で静かに私を待っていた。雨はまだ断続的に細かく降り続き、空気は湿って冷えていた。本格的なコートの必要な季節がすぐそこまで近づいている。

「わざわざおいでいただき、とても感謝しています」と免色は言った。「騎士団長にもお礼を申し上げます」

こちらこそお礼を申し上げたい、と騎士団長が私の耳元で囁くように言った。しかしもちろんその声は私の耳にしか届かない。私はもう一度免色に夕食の礼を言った。

本当に素晴らしい料理だった。堪能（たんのう）しました。　騎士団長も感謝しているようです。

「食事のあとでつまらない話を持ち出して、せっかくの夜を台無しにしたのでなければいいのですが」と免色は言った。

「そんなことはありません。ただお申し出については、もう少し考えさせてください」

「もちろんです」

「ぼくは考えるのに時間がかかります」

「それは私も同じです」と免色は言った。「二度考えるよりは、三度考える方がいい、というのが私のモットーです。そしてもし時間さえ許すなら、三度考えるよりは、四度考える方がいい。ゆっくり考えてください」

運転手が後部席のドアを開けて待っていた。私はそこに乗り込んだ。騎士団長もそのとき一緒に乗り込んだはずだが、その姿は私の目には映らなかった。車はアスファルトの坂道を上り、開かれた門を出て、それからゆっくりと山を下りた。その白い屋敷が視界から消えてしまうと、今夜そこで起こったことのすべてが、夢の中の出来事であるように思えた。何が正常であり何が正常でないのか、何が現実であり何が現実でないのか、だんだん見極めがつかなくなっている。

目に見えるものが現実だ、と騎士団長が耳元で囁いた。しっかりと目を開けてそれを見ておればいいのだ。判断はあとですればよろしい。

しっかり目を開けていても見落としていることがたくさんありそうだ、と私は思った。あるいはそう心で思いつつ、小さく声に出してしまったのかもしれない。運転手がルームミラーで私の顔をちらりと見たからだ。私は目を閉じて、背中をシートに深くもたせかけた。そして思った。いろんな判断を永遠に後回しにできたらどんなに素晴らしいだろう。

帰宅したのは十時少し前だった。私は洗面所で歯を磨き、パジャマに着替えてベッドに潜り込み、そのまま眠った。当然のことながらたくさんの夢を見た。どれも居心地の悪い奇妙な夢だった。ウィーンの街に翻《ひるがえ》る無数のハーケンクロイツ、ブレーメンを出港する大型客船、岸壁のブラスバンド、青髭公《あおひげこう》の開かずの間、スタインウェイを弾く免色。

# 26

## これ以上の構図はありえない

その二日後、東京のエージェントから電話がかかってきた。免色氏から絵の代金の振り込みがあり、そこからエージェントの手数料を差し引いた金額を、私の銀行口座に振り込んだということだった。私はその金額を聞いて驚いた。最初に聞かされていた金額より更に多かったからだ。

「出来上がった絵が期待していたより素晴らしいものだったので、ボーナスとして金額を追加した。感謝の気持ちとして遠慮なく受け取ってもらいたいという免色さんからのメッセージがついていました」と私の担当者は言った。

私は軽くうなったが、言葉は出てこなかった。

「実物は見ていませんが、免色さんがメールで絵の写真を送ってくださって、それを拝見しました。写真で見る限りですが、素晴らしい作品だと私も感じました。肖像画という領域を超えた作品だし、それでいて肖像画としての説得力を具《そな》えています」

私は礼を言った。そして電話を切った。

その少し後にガールフレンドから電話がかかってきた。明日のお昼前にそちらに行ってかまわないだろうか？　かまわない、と私は言った。金曜日は絵画教室のある日だが、時間的には間に合うはずだ。

「おとといは免色さんのお宅で夕食を食べたの？」と彼女は尋ねた。

「ああ、とても本格的な食事だったよ」

「おいしかった？」

「すごく。ワインも素晴らしかったし、料理も申し分なかった」

「家の中はどんなだった？」

「見事だった」と私は言った。「いちいち描写するだけで、軽く半日くらいはつぶせそうだよ」

「会ったときにその話を詳しく聞かせてくれる？」

「前に？　それともあとに？」

「あとでいい」と彼女は簡潔に言った。

私は電話を切るとスタジオに行って、壁に掛けた雨田具彦の『騎士団長殺し』の絵を眺めた。これまで何度も何度も見た絵ではあったけれど、免色の話を聞いたあとであらためて見ると、そこには不思議なほど生々しいリアリティーが感じられた。それはただ過去に起こった事件を懐古的に画面に再現した、よくある歴史画に留まってはいない。そこに登場する四人の人物（顔ながの存在は除外して）、一人一人の表情や動きから、状況に対するそれぞれの思いが読み取れそうだった。長い剣を騎士団長に突き刺している若い男の顔はあくまで無表情だった。おそらくは心を閉ざし、感情を奥に押し隠しているのだろう。胸に剣を突き立てられた騎士団長の顔には、苦痛と共に「まさかこんなことが」という純粋な驚きが読み取れた。そばで成り行きを見守っている若い女は（オペラのドンナ・アンナだ）、激しくせめぎ合う感情によってまさに身を二つに引き裂かれているようだった。端正な顔は苦悶《くもん》のために歪《ゆが》んでいる。白い美しい手は口の前にかざされている。ずんぐりとした体つきの従者らしき男（レポレロ）は、思いも寄らぬ展開に息を呑み、天を仰いでいた。彼の右手は何かを摑《つか》もうとするように宙に伸ばされている。

構成は完璧《かんぺき》だった。これ以上の構図はありえない。練りに練られた見事な配置だ。四人の人々はその動作のダイナミズムを生々しく保持したまま、そこに瞬間凍結されている。そしてその構図の上に、私は一九三八年のウィーンで起こっていたかもしれない暗殺事件の状況を重ねてみた。騎士団長は飛鳥時代の装束ではなく、ナチの制服を着ていた。あるいはそれは親衛隊の黒色の制服かもしれない。そしてその胸にはおそらくサーベルなり短刀なりが突き立てられていた。それを突き刺しているのは、雨田具彦本人であったかもしれない。そばで息を呑んでいる女は誰なのだろう？　雨田具彦のオーストリア人の恋人なのだろうか？　いったい何がかくも彼女の心を引き裂いているのだろう？

私はスツールに座って、『騎士団長殺し』の画面を長く見つめていた。想像力を巡らせれば、そこからいろんな寓意《ぐうい》やメッセージを読み取ることが可能だった。しかしいくら説を組み立てたところで、結局のところすべては裏付けのない仮説に過ぎない。そして免色が話してくれたその絵のバックグラウンドは――バックグラウンドと思われるものは――公にされた歴史的事実ではなく、あくまで風説に過ぎないのだ。あるいはただのメロドラマに過ぎないのだ。すべてがかもしれないで終わっている話だ。

今ここに妹が一緒にいてくれるといいのだが、と私はふと思った。

もしコミがここにいたら、私はこれまでのことの成り行きをすべて彼女に語り、彼女はその話に時おり短い質問をはさみながらも、静かに耳を傾けてくれることだろう。このようなわけのわからない、ややこしく入り組んだ話であっても、彼女が眉《まゆ》をひそめたり、驚きの声を上げたりすることはたぶんないだろう。その落ち着いた思慮深い表情が変化することはあるまい。そして私が語り終えたとき、彼女はしばらく間を置いてから、いくつかの有益なアドバイスを私に与えてくれることだろう。私たちは小さな頃から、そのような交流を続けてきたのだ。しかし考えてみれば、コミが私に何か相談を持ちかけたことはない。私の記憶している限り、ただの一度もなかったはずだ。なぜだろう？ 彼女はそれほどの精神的な困難に直面することがなかったのだろうか？ それとも私に相談しても仕方ないとあきらめていたのだろうか？ おそらくその両方、半分ずつくらいではないだろうか。

でももし彼女が健康になり、十二歳で死ぬことがなかったとしても、そんな親密な兄と妹の関係はそれほど長くは続かなかったかもしれない。コミはどこかの面白みのない男と結婚して、遠くの町で暮らすようになり、日々の生活に神経をすり減らし、子育てに疲れ果て、かつての純粋な輝きを失い、私の相談に乗る余裕なんてなくしていたかもしれない。我々の人生がどんな風に進んでいくか、そんなことは誰にもわかりっこないのだ。

私と妻とのあいだの問題は、私が死んだ妹の代役を無意識のうちにユズに求めたことにあったのかもしれない。そういう気もしないでもない。私自身にはもちろんそんなつもりはなかったのだが、でも考えてみれば妹を亡《な》くして以来、精神的な困難に直面したときに寄りかかれるパートナーを、心のどこかで求めてきたのかもしれない。しかし言うまでもないことだが、妻は妹とは違う。ユズはコミではない。立場も違うし役柄も違う。そして何より共に培《つちか》ってきた歴史が違う。

そんなことを考えているうちに私はふと、結婚する前に世田谷区砧《きぬた》にあるユズの実家を訪問したときのことを思いだした。

ユズの父親は一流銀行の支店長をしていた。息子（ユズの兄だ）もやはり銀行員で、同じ銀行に勤務していた。どちらも東京大学の経済学部を卒業しているということだった。どうやら銀行員の多い家系らしかった。私はユズと結婚したいと思っていて（そしてもちろんユズも私と結婚したいと思っていて）、その意思を彼女の両親に伝えに行ったわけだが、父親との半時間あまりの会見は、どのような見地から見ても友好的とは言い難いものだった。私は売れない画家であり、アルバイトに肖像画を描いているだけで、定収入と呼べるものもなかった。将来性と呼べそうなものもほとんど見当たらない。どう考えてもエリート銀行員の父親に好意を持たれるような立場にはなかった。それくらいは前もって予想できていたから、何を言われようと、どのように罵倒《ばとう》されようと、冷静さだけは失うまいと心を決めてその場に出向いた。そして私はもともとかなり我慢強い性格だ。

でも妻の父親のくどくどしい説教を拝聴しているうちに、私の中で生理的嫌悪感《けんおかん》のようなものが高まり、次第に感情のコントロールがきかなくなっていった。気分が悪くなり、吐き気を感じたほどだった。私は話の途中で席から起ち上がり、申し訳ないが洗面所を借りたいと言った。そして便器の前に膝をつき、胃の中にあるものを吐いてしまおうと努めた。しかし吐けなかった。胃の中にほとんど何も入っていなかったからだ。胃液すら出てこなかった。だから何度も深呼吸をし、気持ちを落ち着けた。口の中に不快な匂《にお》いがしたので、水でうがいをした。ハンカチで顔の汗を拭《ふ》き、それから居間に戻った。

「大丈夫？」、ユズが私の顔を見て心配そうに尋ねた。たぶん私はひどい顔色をしていたのだろう。

「結婚するのは本人の勝手だが、そんなもの長くはもたないぞ。まあせいぜい四、五年というところだろう」というのがその日、別れ際《ぎわ》に父親が私に向かって口にした最後の言葉だった（私はそれに対して何も言い返さなかった）。父親のその言葉は不快な響きと共に私の耳に残り、ある種の呪《のろ》いとしてあとあとまで機能することになった。

彼女の両親は最後まで認めてくれなかったが、我々はそのまま入籍して正式に夫婦になった。私自身の両親とはもうほとんど連絡が途絶えていた。結婚式は挙げなかった。友人たちが会場を借りて、簡単なお祝いのパーティーを開いてくれただけだった（中心になって動いてくれたのは、もちろん面倒見の良い雨田政彦だった）。それでも我々は幸福だった。少なくとも最初の何年かは間違いなく幸福だったと思う。四年か五年か、我々のあいだには問題らしい問題は存在しなかった。しかしやがて、まるで大きな客船が海の真ん中で舵《かじ》を切るみたいに、ゆっくりとした転換がおこなわれた。その理由は私にはまだよくわからない。その転換のポイントを見定めることもできない。たぶん結婚生活に彼女が求めていたものと、私が求めていたものとのあいだに、何かしら違いがあって、そのずれが年月を追うごとに次第に大きくなっていったということなのだろう。そして気がついたときには、彼女は私以外の男と密かに逢《あ》うようになっていた。結婚生活は結局のところ、六年ほどしか続かなかったわけだ。

彼女の父親は私たちの結婚生活が破綻《はたん》したことを知って、おそらく「それみたことか」とほくそ笑んでいることだろう（彼の予想よりは一年か二年長くもったわけだが）。そしてユズが私から離れたことを、むしろ喜ばしい出来事と見なしているに違いない。そしてユズは私と別れてから実家との関係を修復したのだろうか？　もちろんそんなことは私には知りようもないし、また知りたいとも思わない。それは彼女の個人的な問題であって、私の与《あずか》り知るところではない。しかしそれでもなお、父親の呪いは私の頭上から依然として取り払われていないようだった。私はその漠然とした気配を、じわりとした重みを今もなお感じ続けていた。そして自分では認めたくないことだが、私の心は思った以上に深い傷を負い、血を流していた。雨田具彦の絵の中の、騎士団長の刺された心臓のように。

やがて午後が深まり、秋の早い夕暮れがやってきた。あっという間に空が暗さを増し、艶やかな漆黒のカラスたちが、谷間の上空を賑《にぎ》やかに叫びながらねぐらに向かっていった。私はテラスに出て手すりにもたれ、谷間の向こう側の免色の家を眺めた。庭園のいくつかの水銀灯が既に点灯され、夕闇の中にその家の白さを浮かび上がらせていた。そのテラスから高性能の双眼鏡を使って、夜ごとひそかに秋川まりえの姿を求めている免色の姿を私は思い浮かべた。彼はその行為を可能にするために、まったくそのことだけを目的として、その白い家を強引に手に入れたのだ。大金を支払い、面倒な手間をかけ、しかも自分の趣味にあっているとは言い難い広すぎる屋敷を。

そして不思議なことなのだが（私自身には不思議に感じられることなのだが）、ふと気がつくと私は免色という人物に対して、他の人にはこれまで感じたことのない近しい思いを抱くようになっていた。親近感、いや、連帯感とさえ呼んでもいいかもしれない。我々はある意味では似たもの同士なのかもしれない——そう思った。私たちは自分たちが手にしているものではなく、またこれから手にしようとしているものでもなく、むしろ失ってきたもの、今は手にしていないものによって前に動かされているのだ。彼のとった行為が私に納得できたとはとても言えない。それは明らかに私の理解の範囲を超えていた。しかし少なくともその動機を理解することはできた。

私は台所に行って、雨田政彦にもらったシングル・モルトのオンザロックをつくり、それを手に居間のソファに座って、雨田具彦のレコード・コレクションの中から、シューベルトの弦楽四重奏曲を選んでターンテーブルに載せた。『ロザムンデ』と呼ばれる作品だ。免色の家の書斎でかかっていた音楽だ。その音楽を聴きながら、ときどきグラスの中の氷を揺らせた。

その日はとうとう最後まで、騎士団長は一度も姿を見せなかった。彼はやはりみみずくと一緒に、屋根裏で静かに休んでいるのかもしれない。イデアにだってやはり休日は必要なのだ。私もその日は一度もキャンバスの前に立たなかった。私にもやはり休日は必要なのだ。

騎士団長のために私は一人でグラスをあげた。

# 27 姿かたちはありありと覚えていながら

私はやってきたガールフレンドに、免色の家での夕食会のことを話した。もちろん秋川まりえのことや、テラスの三脚つき高性能双眼鏡や、騎士団長が密かに同伴したことは除いて。私が話したのは、出てきた食事のメニューだとか、家の間取りだとか、そこにどんな家具が置いてあっただとか、そのような害のないことだけだ。我々はベッドの中にいて、どちらもまったくの裸だった。三十分ほどにわたる性的な営みをすませたあとのことだ。騎士団長がどこかから観察しているのではないかと、最初のうちはどうも落ち着かなかったけれど、途中からはそれも忘れてしまった。見たければ見ればいい。

彼女は熱心なスポーツ・ファンが、贔屓《ひいき》チームの昨日の試合の得点経過を事細かに知りたがるように、食卓に供された食事の詳細を知りたがった。私は思い出せるかぎり正確に、前菜からデザートまで、ワインからコーヒーまで、内容を逐一丹念に描写した。食器も含めて。私はもともとそういう視覚的な記憶力に恵まれている。どんなものでもいったん集中して視野に収めれば、ある程度時間が経過しても、細かいところまでかなり詳しく具体的に思い出せる。だから目の前にある物体を手早くスケッチするように、ひとつひとつの料理の特徴を絵画的に再現することができた。彼女はうっとりとした目つきで、そんな描写に耳を傾けていた。ときどき実際に唾《つば》を飲み込んでいるようだった。

「素敵ね」と彼女は夢見るように言った。「私も一度でいいから、どこかでそういう立派な料理をご馳走《ちそう》されたいな」

「でも正直言うと、出された料理の味はほとんど覚えていないんだ」と私は言った。

「料理の味のことはあまり覚えていない？　でもおいしかったんでしょう？」

「おいしかったよ。とてもおいしかった。そういう記憶はある。でもそれがどんな味だったかは思い出せないし、言葉で具体的に説明することもできない」

「姿かたちはそれだけありありと覚えていながら？」

「うん、絵描きだから、料理の姿かたちをそのまま再現することはできる。それが仕事のようなものだから。でもその中身までは説明できない。作家ならたぶん味わいの内容まで表現できるんだろうけど」

「変なの」と彼女は言った。「じゃあ、私とこんなことを、、、、をしていても、あとで細かく絵には描けても、その感覚を言葉で再現することはできないということ？」

私は彼女の質問を頭の中でいったん整理してみた。「つまり性的な快感について、ということ？」

「そう」

「そうだな。たぶんそうだと思う。でもセックスと食事を比較していえば、性的な快感を説明するよりは、料理の味を説明する方がよりむずかしいような気がするな」

「つまりそれは」と彼女は初冬の夕暮れの冷ややかさを感じさせる声で言った。「私の提供する性的な快感よりは、免色さんの出す料理のお味の方が、より繊細で奥深いということかしら？」

「いや、そういうわけじゃない」と私は慌《あわ》てて説明を加えた。「それは違う。ぼくが言っているのは、中身の質的な比較じゃなくて、ただ説明の難易度の問題だよ。テクニカルな意味で」

「まあ、いいけど」と彼女は言った。「私があなたに与えるものだって、なかなか悪くないでしょう？　テクニカルな意味で」

「もちろん」と私は言った。「もちろん素晴らしいよ。テクニカルな意味でも、他のどんな意味でも、絵にも描けないくらい素晴らしい」

正直なところ、彼女が私に与えてくれる肉体的快感は、まったく文句のつけようのないものだった。私はこれまで何人かの女性と――自慢できるほど多くの数ではないにしても――性的な経験を持った。しかし彼女の性的器官は、私が知っているどのそれよりも繊細で変化に富んでいた。それがリサイクルされずに何年も放置されていたというのはまさに憂《うれ》うべきことだ。私がそう言うと、彼女はまんざらでもない顔をした。

「嘘《うそ》じゃなくて？」

「嘘じゃなくて」

彼女はしばらく私の横顔を疑わしそうに眺めていたが、やがて信用してくれたようだった。

「それで、ガレージは見せてもらった？」と彼女は私に尋ねた。

「ガレージ？」

「英国車が四台入っているという、伝説の彼のガレージ」

「いや、見なかったな」と私は言った。「なにしろ広い敷地だから、ガレージまでは目につかなかったよ」

「ふうん」と彼女は言った。「ジャガーのEタイプが本当にあるかどうかも訊《き》かなかったの？」

「ああ、訊かなかったよ。思いつきもしなかったな。だってぼくはそれほど車には興味がないからさ」

「トヨタ・カローラの中古のワゴンで文句ないのね？」

「なにひとつ」

「私だったら、Eタイプにちょっと触らせてもらうと思うんだけどな。あれはほんとに美しい車だから。子供の頃にオードリー・ヘップバーンとピーター・オトゥールのでている映画を観《み》て、それ以来ずっとあの車に憧《あこが》れていたの。映画の中でピーター・オトゥールがぴかぴかのEタイプに乗っていたの。あれは何色だったかな？　たぶん黄色だったと思うんだけど」

少女時代に目にしたそのスポーツカーに彼女が思いをはせている一方で、私の脳裏にはあのスバル・フォレスターの姿が浮かび上がってきた。宮城県の海岸沿いの小さな町、その町はずれのファミリー・レストランの駐車場に駐《と》められていた白いスバルだ。私の観点からすれば、とくに美しい車とは言いがたい。ごく当たり前の小型SUV、実用のために作られたずんぐりとした機械だ。それに思わず手を触れてみたくなるというような人はかなり少ないだろう。ジャガーEタイプとは違う。

「で、あなたは温室やらジムやらも、見せてもらわなかったわけ？」と彼女は私に尋ねた。彼女は免色の家の話をしているのだ。

「ああ、温室も、ジムも、ランドリー室も、メイド用の個室も、台所も、六畳くらいあるウォークイン・クローゼットも、ビリヤード台のあるゲーム室も、実際には見せてもらわなかったよ。案内はされなかったからさ」

免色にはどうしてもその夜、私に話さなくてはならない大事な案件があった。きっとのんびり家の案内をするどころではなかったのだろう。

「ほんとに六畳くらいのウォークイン・クローゼットとか、ビリヤード台のあるゲーム室とかがあるの？」

「知らないよ。ただのぼくの想像だ。実際にあっても不思議はなさそうだったけど」

「書斎以外の部屋はぜんぜん見せてもらわなかったわけ？」

「うん、とくにインテリア・デザインに興味があるわけじゃないからね。見せてもらったのは玄関と居間と書斎と食堂だけだ」

「例の〈青髭公の開かずの部屋〉の目星をつけたりもしなかったの？」

「そこまでの余裕はなかった。『ところで免色さん、かの有名な〈青髭公の開かずの部屋〉はどこでしょうか』って、本人に尋ねるわけにもいかないしね」

彼女はつまらなそうに舌打ちをして首を何度か振った。「ほんとに男の人って、そういうところがだめなのよね。好奇心ってものがないのかしら？　もし私だったら、隅から隅まで舐《な》めるように見せてもらっちゃうけどな」

「男と女とでは、きっとそもそもの好奇心の領域が違っているんだよ」

「みたいね」と彼女はあきらめたように言った。「でもまあいいわ。免色さんの家の内部について、たくさんの新しい情報が入っただけでもよしとしなくちゃ」

私はだんだん心配になってきた。「情報を溜《た》め込むのはともかく、それをあまりよそで言いふらされると、ぼくとしてはちょっと困るんだ。そのいわゆるジャングル通信で……」

「大丈夫よ。あなたがいちいちそんな心配をすることはないんだから」と彼女は明るく言った。

それから彼女はそっと私の手を取り、自分のクリトリスへと導いた。そのようにして私たちの好奇心の領域は再び大幅に重なり合うことになった。教室に出かけるまでにはまだしばらく間があった。そのときスタジオに置いた鈴が小さく鳴ったような気がしたが、たぶん耳の錯覚だろう。

彼女が三時前に、赤いミニを運転して帰ってしまったあと、私はスタジオに入り、棚の上の鈴を手にとって点検してみた。鈴には見たところ何の変化も見受けられなかった。それはただ静かにそこに置かれているだけだった。あたりを見回しても騎士団長の姿はなかった。

それから私はキャンバスの前に行ってスツールに腰を下ろし、白いスバル・フォレスターの男の、描きかけの肖像画を眺めた。これから進んでいくべき方向を見定めようと思って。でもそこで私はひとつ、思いも寄らぬ発見をすることになった。その絵は既に完成していたのだ。

言うまでもなくその絵はまだ制作の途上にあった。そこに示されたいくつかのアイデアが、これからひとつひとつ具象化されていくことになっていた。現在そこに描かれているのは、私のこしらえた三色の絵の具だけで造形された、男の顔のおおまかな原型に過ぎない。木炭で描いた下絵の上に、それらの色が荒々しく塗りたくられている。もちろん私の目は、その画面に「白いスバル・フォレスターの男」のあるべき姿かたちを浮かび上がらせることができる。そこにはいわば潜在的に、騙《だま》し絵のように、彼の顔が描き込まれている。しかし私以外の人の目にはその姿はまだ見えていない。その絵は今のところ、ただの下地に過ぎない。やがて来たるべきものの示唆《しさ》と暗示に留まっている。ところがその男は――私が過去の記憶から起こして描こうとしていたその人物は――そこに提示されている今の自分の暗黙の姿に、既に充足しているようだった。あるいは、その自分の姿をこれ以上明らかにしてもらいたくないと強く求めているようだった。

これ以上なにも触るな、と男は画面の奥から私に語りかけていた。あるいは命じていた。このまま何ひとつ加えるんじゃない。

その絵は未完成なままで完成していた。その男は、不完全な形象のままでそこに完全に実在していた。矛盾した語法だが、それ以外に形容のしようがない。そしてその男の隠された像は画面の中から、作者である私に向かって、強い思念のようなものを送り届けようとしていた。それは私に何かを理解させようと努めていた。でもそれがどんなことなのか、私にはまだわからない。この男は生命を持っているのだ、と私は実感した。実際に生きて動いているのだ。

私はまだ絵の具が乾いていないその絵をイーゼルから下ろし、絵の具がつかないように裏向きにして、スタジオの壁に立てかけた。その絵をそれ以上目にしていることに、私はだんだん耐えられなくなってきた。そこには何か不吉なものが――おそらく私が知るべきではないものが含まれているように思えた。

その絵の周辺からは、漁港の町の空気が漂ってきた。その空気には海の匂いと、魚の鱗《うろこ》の匂いと、漁船のディーゼル・エンジンの匂いが入り混じっていた。海鳥の群れが鋭い声で鳴きながら、強い風の中をゆっくり旋回していた。おそらくは生まれてからゴルフなんてしたこともないであろう中年男がかぶっている黒いゴルフ・キャップ。浅黒く日焼けした顔、こわばった首筋、白髪の混じった短い髪。使い込まれた革のジャンパー。ファミリー・レストランに響くナイフとフォークの音――世界中すべてのファミリー・レストランで聞こえるあの無個性な音。そして駐車場にひっそりと駐められた白いスバル・フォレスター。リアバンパーに貼《は》られたカジキマグロのステッカー。

「私を打《ぶ》って」と交わっている最中に女は私に言った。彼女の両手の爪《つめ》は私の背中にしっかりたてられていた。きつい汗の臭《にお》いがした。私は言われたとおり彼女の顔を平手で叩《たた》いた。

「そういうんじゃなくて、いいからもっと真剣に叩いて」と女は激しく首を振りながら言った。「もっともっと力を入れて、思い切り打って。あとが残ってもかまわないから。鼻血が出るくらい強く」

私は女を叩きたいとは思わなかった。私の中にはもともとそういう暴力的な傾向はない。ほとんどまったくない。でも彼女は真剣に殴打《おうだ》されることを真剣に求めていた。彼女が必要としているのは本物の痛みだった。私は仕方なくもう少しだけ力を入れて女を叩いた。あとが赤く残るくらい強く。私が女を強く叩くと、そのたびに彼女の肉が私のペニスを激しく強く締め上げた。まるで飢えた生き物が目の前の餌《えさ》に食らいつくかのように。

「ねえ、私の首を少し絞めてくれない」と少しあとで女は私の耳に囁《ささや》いた。「これを使って」

その囁きはどこか別の空間から聞こえてくるみたいに私には感じられた。そして女は枕《まくら》の下からバスローブの白い紐《ひも》を取り出した。きっと前もって用意しておいたのだろう。

私はそれを断った。いくらなんでもそんなことは私にはできない。危険すぎる。下手をすれば相手は死んでしまうかもしれない。

「真似《まね》だけでいいから」と彼女は喘《あえ》ぐように懇願した。「真剣に絞めなくてもいいから、そうする真似だけでいいのよ。首にこれを巻き付けて、ほんのちょっと力を入れてくれるだけでいい」

私にはそれを断ることができない。

ファミリー・レストランに響く無個性な食器の音。

私は首を振って、そのときの記憶をどこかに押しやろうとした。私にとっては思い出したくない出来事だった。できれば永遠に捨て去ってしまいたい記憶だ。でもそのバスローブの紐の感触は、まだ私の両手にはっきりと残っていた。彼女の首の手応《てごた》えも。どうしてもそれを忘れることができない。

いい、いい、いい、いい。

そしてこの男は知っていたのだ。私が前の夜どこで何をしていたかを。私がそこで何を思っていたかを。

この絵をどうすればいいのだろう。このまま裏返しにして、スタジオの隅に置いておけばいいのだろうか？　たとえ裏返しになっていても、それは私を落ち着かない気持ちにさせた。もしほかに置き場所があるとすれば、それはあの屋根裏しかない。雨田具彦が『騎士団長殺し』を隠しておいたのと同じ場所だ。そこはおそらく人が心を隠してしまうための場所なのだ。

私の頭の中で、さっき自分が口にしていた言葉が繰り返されていた。うん、絵描きだから、料理の姿かたちをそのまま再現することはできる。でもその中身までは説明できない。

うまく説明のつかない様々なものたちが、この家の中で私をじわじわと捉《とら》えようとしていた。屋根裏で見つかった雨田具彦の絵画『騎士団長殺し』、雑木林に口を開けた石室に残されていた奇妙な鈴、騎士団長の姿を借りて私の前に現れるイデア、そして白いスバル・フォレスターの中年男。またそれに加えて、谷間の向かい側に住む不思議な白髪の人物。免色はどうやらこの私を、彼の頭の中にある何かしらの計画の中に引き込もうとしているようだった。

私のまわりで渦の流れが徐々に勢いを増しているようだった。そして私はもうあとに引き返すことができなくなっていた。もう遅すぎる。そしてその渦はどこまでも無音だった。その異様なまでの静けさが私を怯《おび》えさせた。

# 28　フランツ・カフカは坂道を愛していた

その日の夕方、私は小田原駅近くの絵画教室で子供たちの絵の指導をしていた。その日の課題は人物のクロッキーだった。二人でペアを組んで、前もって教室側が用意した中から好きな筆記具を選び（木炭か、何種類かの柔らかな鉛筆）、交代でスケッチブックにお互いの絵を描く。制限時間は一枚につき十五分（キッチン・タイマーを使って正確に時間をはかる）。あまり消しゴムを使わないようにする。できるだけ一枚の紙だけですませるようにする。

そして一人ひとりが前に出て、自分の描いた絵をみんなに見せ、子供たちが自由にその感想を言い合う。少人数の教室だから、雰囲気は和気《わき》藹々《あいあい》としている。そのあとで私が前に立って、クロッキーの簡単なコツのようなものを教える。デッサンとクロッキーとはどう違うのか、その違いをおおまかに説明する。デッサンはいわば絵画の設計図のようなものであり、そこにはある程度の正確さが必要とされる。それに比べると、クロッキーは自由な第一印象のようなものだ。印象を頭の中に浮かばせ、その印象が消えてしまわないうちに、それにおおよその輪郭を与えていく。クロッキーでは正確さよりは、バランスとスピードが大事な要素になる。名のある画家でも、クロッキーがあまりうまくない人はけっこうたくさんいる。私はクロッキーを昔から得意としていた。

私は最後に、子供たちの中からモデルを一人選び、白いチョークを使って黒板に、その姿かたちを描いて見せる。実例を示すわけだ。「すげえ」「速ええ」「そっくりじゃん」と子供たちは感心して言う。子供たちを素直に感心させることも、教師の大切な職務のひとつになる。

そのあとで今度はパートナーを換えて、みんなにクロッキーをさせるわけだが、子供たちは二度目の方が格段にうまくなっている。知識を吸収する速度が速いのだ。教える方が感心してしまうくらい。もちろん上手な子もいれば、あまりうまくない子もいる。でもそれはかまわない。私が子供たちに教えているのは、実際的な絵の描き方よりは、むしろものの見方なのだから。

この日私は実例を描くときに、秋川まりえをモデルに指定した（もちろん意図してのことだ）。彼女の上半身を黒板に簡単に描く。正確にはクロッキーとは言えないが、成り立ちは同じようなものだ。三分ほどで手早く仕上げる。私はその授業を利用して、秋川まりえをどのように絵にできるかをテストしてみたわけだ。そしてその結果、彼女が絵のモデルとしてなかなかユニークな、そして豊かな可能性を秘めていることを私は発見した。

それまでは秋川まりえをとくに意識して見たことはなかったのだが、画作の対象として注意深く眺めると、彼女は私が漠然と認識していたよりずっと興味深い容貌《ようぼう》を具えていた。ただ単に顔立ちがきれいに整っているというのではない。美しい少女ではあるが、よく見るとそこにはどことなくアンバランスなところがあった。そしてそのいくらか不安定な表情の奥には、何かしら勢いのあるものが身を潜めているようだった。まるで丈の高い草むらに潜んだ敏捷《びんしょう》な獣《けもの》のように。

そのような印象をうまく形にできればと思う。しかし三分のあいだに、黒板の上にチョークでそこまで表現するのは至難の業だ。というか、ほとんど不可能だ。それにはもっと時間をかけて彼女の顔を丁寧に観察し、いろんな要素をうまく腑分《ふわ》けしていく必要がある。そしてこの少女のことをもっとよく知らなくてはならない。

　私は黒板に描いた彼女の絵を消さずにとっておいた。そして子供たちが帰ってしまったあと、一人でしばらく教室に残って、腕組みしながらそのチョーク画を眺めていた。そして彼女の顔立ちに、免色に似たところがあるかどうか見定めようとした。しかしなんとも判断できなかった。似ているといえばよく似ているようだし、似ていないといえばまるで似ていない。ただもし似ているところをひとつだけあげろと言われれば、それは目になるだろう。二人の目の表情には、とくにその一瞬の独特なきらめき方には、どこかしら共通するものがあるように感じられた。

　澄んだ泉の深い底をじっと覗《のぞ》き込むと、そこに発光しているかたまりのようなものが見えることがある。よくよく覗き込まないと見えない。しかもそのかたまりはすぐに揺らいで形を失ってしまう。真剣に覗き込めば覗き込むほど、それは目の錯覚かもしれないという疑いが生まれる。でもそこには間違いなく何か光っているものがある。たくさんの人をモデルにして絵を描いていると、ときどきそういう「発光」を感じさせる人々がいる。数からいえばごく少数だ。でもその少女は——そしてまた免色も——その数少ない人々のうちの一人だった。

　受付をやっている中年の女性が、片付けのために教室に入ってきて私の隣に立ち、感心したようにその絵を眺めた。

「これは秋川まりえちゃんよね」と彼女は一目見て言った。「すごくよく描けている。まるで今にも動き出しそうに見えるわ。消しちゃうのはもったいないみたい」

「ありがとう」と私は言った。そして机から立ち上がり、黒板消しを使ってその絵をきれいに消した。


騎士団長はその翌日（土曜日）、ようやく私の前に姿を見せた。火曜日の夜、免色の家での夕食会で目にして以来初めての出現――彼自身の表現を借りれば「形体化」ということになる――だった。食品の買い物から帰ってきて、夕方に居間で本を読んでいると、スタジオの方から鈴の鳴る音が聞こえてきた。スタジオに行ってみると、騎士団長は棚に腰をかけて、鈴を耳元で軽く振っていた。まるでその微妙な響き具合を確かめるみたいに。私の姿を目にすると、彼は鈴を振るのをやめた。

「久しぶりですね」と私は言った。

「久しぶりも何もあらない」と騎士団長は素っ気なく答えた。「イデアというものは百年、千年単位で世界中あちこちを行き来しているのだ。一日や二日は時間のうちにはいらんぜ」

「免色さんの夕食会はいかがでした？」

「ああ、ああ、あれはそれなりに興味深い夕食会だった。もちろん料理は食べられないが、しかるべく目の保養をさせてもらった。そして免色くんは、なかなかに関心をそそられる人物であった。いろいろなことを先の先の方まで考えている男だ。そしてまたあれこれを、内部にしこたま抱え込んでいる男でもある」

「彼にひとつ頼み事をもちかけられました」

「ああ、そうだな」と騎士団長は手にした古い鈴を眺めながら、さして興味なさそうに言った。「その話は隣でしかと聞いておったよ。しかしそいつは、あたしにはあまり関わりのないものごとである。あくまで諸君と免色くんとのあいだの実際的な、いうなれば現世的なものごとだ」

「ひとつ質問していいですか？」と私は言った。

騎士団長は手のひらで顎《あご》の鬚《ひげ》をごしごしとこすった。「ああ、かまわんぜ。あたしに答えられるかどうかはわからんが」

「雨田具彦の『騎士団長殺し』という絵についてです。もちろんその絵のことはご存じですよね？　なにしろあなたはその画面の中から、登場人物の姿かたちを借用したわけだから。あの絵はどうやら、一九三八年にウィーンで実際に起こった暗殺未遂事件をモチーフとしているようです。そしてその事件には雨田具彦さん自身が関わっているという話です。そのことについてあなたは何かをご存じではありませんか？」

騎士団長はしばらく腕組みをして考えていた。それから目を細め、口を開いた。

「歴史の中には、そのまま暗闇《くらやみ》の中に置いておった方がよろしいことも、うんとある。正しい知識が人を豊かにするとは限らんぜ。客観が主観を凌駕《りょうが》するとは限らんぜ。事実が妄想を吹き消すとは限らんぜ」

「一般論としてはそうかもしれません。しかしあの絵は見るものに何かを強く訴えかけてきます。雨田具彦は、彼が知っているとても大事な、しかし公《おおやけ》に明らかにはできないものごとを、個人的に暗号化することを目的として、あの絵を描いたのではないかという気がするのです。人物と舞台設定を別の時代に置き換え、彼が新しく身につけた日本画という手法《メチエ》を用いることによって、彼はいわば隠喩《いんゆ》としての告白を行っているように感じられます。彼はそのためだけに洋画を捨てて、日本画に転向したのではないかという気さえするほどです」

「絵に語らせておけばよろしいじゃないか」と騎士団長は静かな声で言った。「もしその絵が何かを語りたがっておるのであれば、絵にそのまま語らせておけばよろしい。隠喩は隠喩のままに、暗号は暗号のままに、ザルはザルのままにしておけばよろしい。

それで何の不都合があるだろうか？」

なぜ急にザルがそこに出てくるのかよくわからなかったが、そのままにしておいた。

私は言った。「不都合があるというのではありません。ぼくはただ、あの絵を雨田具彦に描かせたバックグラウンドのようなものが知りたいだけなのです。なぜならあの絵は何かを求めているからです。あの絵は間違いなく、何かを具体的な目的として描かれた絵なんです」

騎士団長は何かを思い出すように、しばらくまた手のひらで顎鬚を撫《な》でていた。そして言った。「フランツ・カフカは坂道を愛していた。あらゆる坂に心を惹《ひ》かれた。急な坂道の途中に建っている家屋を眺めるのが好きだった。道ばたに座って、何時間もただじっとそういう家を眺めておったぜ。飽きもせずに、首を曲げたりまっすぐにしたりしながらな。なにかと変なやつだった。そういうことは知っておったか？」

フランツ・カフカと坂道？

「いいえ、知りませんでした」と私は言った。そんな話は聞いたこともない。

「で、そういうことを知ったところで、彼の残した作品への理解がちっとでも深まるものかね、なあ？」

私はその質問には答えなかった。「じゃあ、あなたはフランツ・カフカのことも知っていたのですか、個人的に？」

「向こうはもちろん、あたしのことなんぞ個人的には知らんがね」と騎士団長は言った。そして何かを思い出したようにくすくす笑った。騎士団長が声を出して笑うのを見たのは、それが初めてだったかもしれない。フランツ・カフカには何かくすくす笑うべき要素があったのだろうか？

それから騎士団長は表情を元に戻して続けた。

「真実とはすなはち表象のことであり、表象とはすなはち真実のことだ。そこにある表象をそのままぐいと呑《の》み込んでしまうのがいちばんなのだ。そこには理屈も事実も、豚のへそもアリの金玉も、なんにもあらない。人がそれ以外の方法を用いて理解の道を辿《たど》ろうとするのは、あたかも水にザルを浮かべんとするようなものだ。悪いことはいわない。よした方がよろしいぜ。免色くんがやっておるのも、気の毒だが、いわばそれに類することだ」

「つまり何をしたところで所詮《しょせん》、無駄な試みだということですか？」

「穴ぼこだらけのものを水に浮かべることは、なにびとにもかなわない」

「正確には、免色さんはいったい何をやろうとしているのですか？」

騎士団長は軽く肩をすくめた。そして両眉の間に、若い頃のマーロン・ブランドを思わせるチャーミングな皺《しわ》を寄せた。騎士団長がエリア・カザンの映画『波止場』を見たことがあるとはとても思えなかったけれど、その皺の寄せ方は本当にマーロン・ブランドにそっくりだった。彼の外見や相貌の引用源がどのような領域まで及んでいるのか、私には測り知ることができなかった。

彼は言った。「雨田具彦の『騎士団長殺し』について、あたしが諸君に説いてあげられることはとても少ない。なぜならその本質は寓意《ぐうい》にあり、比喩にあるからだ。寓意や比喩は言葉で説明されるべきものではない。呑み込まれるべきものだ」

そして騎士団長は小指の先でぽりぽりと耳のうしろを掻《か》いた。まるで猫が雨の降り出す前に耳のうしろを掻くみたいに。

「しかしひとつだけ諸君に教えてあげよう。あくまでささやかなことだが、明日の夜に電話がかかってくるであろう。免色くんからの電話だが、そいつにはよくよく考えてから返答する方がよろしいぜ。どれだけ考えたところで、きみの回答は結果的にちっとも変わらんだろうが、それにしてもよくよく考えた方がよろしい」

「そしてこちらがよくよく考えているということを、相手にわからせることもまた大事だ、ということですね。ひとつの素振りとして」

「そう、そういうことだ。ファースト・オファーはまず断るというのがビジネスの基本的鉄則だ。覚えておいて損はあらない」と言って騎士団長はまたくすくす笑った。今日の騎士団長の機嫌はなかなか悪くないようだった。「ところで話は変わるが、クリトリスというのはさわっていて面白いものなのかね？」

「面白いからさわる、というものではないような気はしますが」と私は正直に意見を述べた。

「はたで見ていてもよくわからん」

「ぼくにもよくわからないような気がします」と私は言った。イデアにも、何もかもがわかるというわけではないのだ。

「とにかくあたしはそろそろ消える」と騎士団長は言った。「ほかにち
ょ
っ
と行くところもあるからな。あまり暇があらない」

それから騎士団長は消えた。チェシャ猫が消えるみたいにじわじわと段階的に。私は台所に行って、一人で簡単に夕食をつくって食べた。そしてイデアにどんな「ちょっと行くところ」があるのか、少し考えてみた。しかしもちろん見当もつかなかった。

騎士団長が予言したように、翌日の夜の八時過ぎに免色から電話があった。

私はまず最初に先日の夕食の礼を言った。とても素晴らしい料理でした。いいえ、

なんでもありません。こちらこそ楽しい時間を持たせていただきました、と免色は言った。それから私は、肖像画の礼金を約束よりも多く払ってもらったことについても、感謝の言葉を口にした。いや、それくらいは当然のことです、あれほど見事な絵を描いていただいたわけですから、どうか気になさらないでください、と免色はあくまで謙虚に言った。そんな儀礼的なやりとりがひととおり終わったあとに、しばしの沈黙があった。

「ところで、秋川まりえのことですが」と免色は天候の話でもするように、なんでもなさそうに切り出した。「覚えておられますよね、先日、彼女をモデルにして絵を描いていただきたいというお願いをしたことを？」

「もちろんよく覚えています」

「そのような申し出を昨日、秋川まりえにしたところ——というか実際には、絵画教室の主宰者である松嶋さんが彼女の叔母さんに、そのようなことは可能かどうか打診をしたわけですが——秋川まりえはモデルをつとめることに同意したということでした」

「なるほど」と私は言った。

「ですから、もしあなたに彼女の肖像画を描いていただけるとなったら、準備は万端整ったということになります」

「しかし免色さん、この話にあなたが一枚嚙《か》んでくることを松嶋さんはとくに不審には思わないのでしょうか？」

「私はそういう点についてはとても注意深く行動しています。心配なさらないでください。私はあなたの、いわばパトロンのような役割を果たしている、という風に彼は解釈しています。そのことであなたが気を悪くされなければいいのですが……」

「それはべつにかまいません」と私は言った。「でも秋川まりえがよく承知しましたね。無口でおとなしい、いかにも内気そうな子に見えたんですが」

「実を言いますと、叔母さんの方はこの話に最初のうち、あまり乗り気ではなかったようです。絵描きのモデルになるなんて、だいたいろくなことにはならないだろうと。画家であるあなたに対して失礼な言い方になりますが」

「いや、それが世間の普通の考え方です」

「しかしまりえ自身が、絵のモデルになることにかなり積極的だったという話です。あなたに描いてもらえるのなら、喜んでモデルの役をつとめたいと。そして叔母さんの方がむしろ彼女に説得されたみたいです」

なぜだろう？　私が彼女の姿を黒板に描いたことが、あるいは何らかのかたちで関係しているのかもしれない。でもそのことは免色にはあえて言わなかった。

「話の展開としては理想的じゃありませんか？」と免色は言った。

私はそのことについて考えを巡らせた。それが本当に理想的な話の展開なのだろうか？　免色は私が何か意見を述べるのを、電話口で待っているようだった。

「どういう話の筋書きになっているのか、もう少し詳しく教えていただけますか？」

免色は言った。「筋書きはシンプルなものです。あなたは画作のためのモデルを探していた。そして絵画教室で教えている秋川まりえという少女は、そのモデルとしてうってつけだった。だから主宰者である松嶋さんを通じて、保護者である叔母さんにその打診をした。そういう流れです。松嶋さんが、あなたの人柄や才能について個人的に保証しました。申し分のない人柄で、熱心な先生であり、画家としての才能も豊かで将来を嘱望されていると。私の存在はどこにも出てきません。出てこないようにきちんと念を押しておきました。もちろん着衣のままのモデルで、叔母さんが付き添ってきます。お昼までには終わらせてください。それが先方の出してきた条件です。いかがですか？」

私は騎士団長の忠告（ファースト・オファーはまず断るものだ）に従って、相手の話のペースにいったんそこで歯止めをかけることにした。

「条件的にはとくに問題はないとぼくは思います。ただ秋川まりえの肖像画を描くかどうか、そのこと自体についてもう少し考える余裕をいただけませんか？」

「もちろんです」と免色は落ち着いた声で言った。「心ゆくまで考えてください。決して急《せ》かしているわけではありません。言うまでもなく絵を描くのはあなたですし、あなたがそういう気持ちにならなければ、話は始まりません。ただ私としては、準備は万端整っているということを、いちおうお知らせしておきたかっただけです。それからもうひとつ、これはおそらく余計なことかもしれませんが、今回あなたにお願いしたことについてのお礼は、十分にさせていただきたいと考えています」

とても話の進行が速い、と私は思った。すべてが感心してしまうほど迅速に手際《てぎわ》よく展開している。まるでボールが坂道を転がっていくみたいに……。私は坂道の途中に腰を下ろして、そのボールを眺めているフランツ・カフカの姿を想像した。私は慎重にならなくてはならない。

「二日ほど余裕をいただけますか？」と私は言った。「二日後にはお返事できると思います」

「けっこうです。二日後にまたお電話をさしあげます」と免色は言った。

そして私たちは電話を切った。

しかし正直なところをいえば、その回答をするのにわざわざ二日をおく必要なんてなかったのだ。私の心はとっくに決まっていたのだから。私は秋川まりえの肖像画を描きたくてたまらなくなっていた。たとえ誰に制止されたとしても、私はその仕事を引き受けていたことだろう。あえて二日間の猶予《ゆうよ》をとったのはただ、相手のペースにそっくり呑み込まれたくないという理由からだった。ここでいったん時間をとってゆっくり深呼吸をした方がいいと本能が――そしてまた騎士団長が――私に教えていた。あたかも水にザルを浮かべんとするようなものだ、と騎士団長は言った。穴ぼこだらけのものを水に浮かべることは、なにびとにもかなわない。

彼は何かを、来たるべき何かを、私に暗示していたのだ。

# 29 そこに含まれているかもしれない不自然な要素

その二日のあいだ、私はスタジオにおかれた二枚の絵を交互に眺めて時を送った。雨田具彦の『騎士団長殺し』と、私が描いた白いスバル・フォレスターの男の絵だ。『騎士団長殺し』は今はスタジオの白い壁にかけられていた。『白いスバル・フォレスターの男』は裏向きにされて部屋の隅に置かれていた（眺めるときにだけ、私はそれをイーゼルの上に戻した）。その二枚の絵を眺める以外は、ただ時間を潰《つぶ》すために本を読んだり、音楽を聴いたり、料理を作ったり、掃除をしたり、庭の雑草を抜いたり、うちのまわりを散歩したりしていた。絵筆をとる気持ちにはなれなかった。騎士団長も姿を見せることなく、沈黙を守っていた。

近所の山道を散策しながら、秋川まりえの家がどこかから見えないものか探してみたのだが、私が歩きまわった限りではそれらしい家は目につかなかった。免色の家から見たところでは、直線距離にすればけっこう近くにあるはずなのだが、地形の関係で視界が遮られているのだろう。林の中を散歩しながら、私は知らず知らずスズメバチに気を配っていた。

二日間その二枚の絵を交互にじっくりと眺めて、あらためてわかったのは、私の抱いた感覚は決して間違っていなかったということだった。『騎士団長殺し』はそこに秘められた「暗号」の解読を求めていたし、『白いスバル・フォレスターの男』はそれ以上その画面に作者（つまり私のことだ）が手を加えないことを求めていた。どちらの訴えもきわめて強力なものであり——少なくとも私にはそう感じられた——私はただそれらの要求に従うほかなかった。私は『白いスバル・フォレスターの男』を現状のまま放置し（しかしその要求の根拠をなんとか理解しようとつとめ）、また『騎士団長殺し』の中に、その絵が真に意図するところを読み取ろうとつとめた。しかしどちらの絵も胡桃《くるみ》の殻のような堅い謎《なぞ》に包まれており、私の握力ではどうしてもその殻を砕くことができなかった。

もし秋川まりえの案件がなかったら、私はあるいはいつまでも際限なくその二枚の絵を交互に眺めて日々を送っていたかもしれない。しかし二日目の夜に免色から電話がかかってきて、おかげでその呪縛《じゅばく》はいったん中断されることになった。

「それで、結論は出ましたか？」と免色は一通りの挨拶《あいさつ》が済んだあとで私に尋ねた。もちろん彼は、私が秋川まりえの肖像画を描くことになるかどうかについて尋ねているのだ。

「基本的には、その話はお引き受けしたいと思います」と私は返答した。「ただしひとつ条件があります」

「どんなことでしょう？」

「それがどのような絵になるのか、ぼくにはまだ予想がつきません。実際の秋川まりえを前にして絵筆をとって、そこから作品のスタイルが決定されていきます。アイデアがうまく働かない場合には、絵は完成しないかもしれません。あるいは完成してもぼくの気に入らないかもしれない。あるいは免色さんの気に入らないかもしれません。だからこの絵は免色さんの依頼を受けて、あるいは示唆を受けて描くのではなく、あくまでぼくが自発的に描くのだということにしていただきたいのです」

一息置いてから免色は探りを入れるように言った。「つまり、もしあなたができあがった作品に納得できなければ、それはどうあっても私の手には渡らない。おっしゃりたいのはそういうことですか？」

「そういう可能性もあるかもしれません。いずれにせよ、できあがった絵をどうするか、それはぼくの判断に一任してもらいたいのです。それが条件になります」

免色はそれについてしばらく考えていた。それから言った。「イエスと言う以外に、私の答えはないようですね。その条件を呑まなければ、あなたは絵を描かないということであれば」

「申し訳ありませんが」

「その意図はつまり、私からの依頼、あるいは示唆という枠組みを外すことによって、芸術的により自由でいたいということなのですか？　それとも金銭的な要素が絡《から》んでくることが負担であるからですか？」

「そのどちらも少しずつあると思います。でも重要なことは、気持ちの面でより自然になりたいということなのです」

「自然になりたい？」

「この仕事から不自然な要素をできるだけ取り除きたいということです」

「ということは」と免色は言った。彼の声が少しだけ堅くなったようだった。「私が今回、秋川まりえの肖像画を描くことをあなたにお願いしたことに、何かしら不自然な要素が含まれていると感じておられるのでしょうか？」

あたかも水にザルを浮かべんとするようなものだ、と騎士団長は言った。穴ぼこだらけのものを水に浮かべることは、なにびとにもかなわない。

私は言った。「ぼくが言いたいのは、今回のこの件に関しては、ぼくと免色さんとのあいだに利害の絡まない、いわば対等な関係を保っておきたいのだということです。対等な関係というのは、失礼な物言いかもしれませんが」

「いやべつに失礼じゃありません。人と人とが対等な関係を保つのは当たり前のことです。思ったことをなんでも言ってくださってけっこうです」

「つまりぼくとしては、免色さんはそもそもこの話には絡んでいないものとして、あくまで自発的な行為として、秋川まりえの肖像を描きたいんです。そうしないと正しいアイデアが湧《わ》いてこないかもしれません。そういうことが有形無形の枷《かせ》になるかもしれません」

免色は少し考えてから言った。「なるほど、よくわかりました。依頼という枠はとりあえずなかったことにしましょう。報酬の件もどうか忘れてください。金銭のことを早々に持ち出したのは、たしかに私の勇み足だった。できあがった絵をどのようにするかについては、できあがったものを見せていただいた時点で、あらためて話し合うことにしましょう。いずれにせよ、もちろん創作者であるあなたの意志をなにより尊重します。しかし私の言ったもうひとつのお願いについてはいかがでしょう？　覚えておられますか？」

「うちのスタジオでぼくが秋川まりえをモデルにして絵を描いているときに、免色さんがふらりと訪ねてこられるということですね？」

「そうです」

私は少し考えてから言った。「それについてはとくに問題はないと思いますよ。あなたはぼくが懇意にしている、近所に住んでいる人で、日曜日の朝に散歩がてらふらりとうちにやってきた。そしてそこでみんなで軽い世間話みたいなことをする。それはぜんぜん不自然な成り行きじゃないでしょう」

免色はそれを聞いて少しほっとしたようだった。「そのようにはからっていただけると、たいへんありがたい。そのことであなたに迷惑をおかけしたりするようなことは決してありません。秋川まりえは今度の日曜日の朝からおたくにうかがう、そしてあなたは彼女の肖像画を描く、そういうことで話を具体的に進めてもらってよろしいでしょうか？　実質的には松嶋さんが仲介者となり、あなたと秋川家の間の調整をすることになりますが」

「それでけっこうです。話を進めてもらってください。日曜日の朝十時に、お二人にうちに来ていただき、まりえさんに絵のモデルになってもらいます。十二時には間違いなく作業を終えるようにします。それが何週か続くことになります。たぶん五週か六週か、そんなものでしょう」

「細かいことが決定したら、あらためてお知らせします」

それで我々が話し合わなくてはならない用件は終了した。免色はそのあとでふと思い出したように付け加えた。

「そう、そういえばウィーン時代の雨田具彦さんのことですが、あれからまた多少の事実がわかりました。彼が関与したとされるナチ高官の暗殺未遂事件は、アンシュルスの直後に起こったと前にも申し上げましたが、正確には一九三八年の秋の初めだったようです。つまりアンシュルスの半年ほど後のことです。アンシュルスについてはだいたいの事情をご存じですね」

「それほど詳しくは知りませんが」

「一九三八年の三月十二日に、ドイツ国防軍は国境を突破して一方的にオーストリアに侵入し、あっという間にウィーンを掌握します。そしてミクラス大統領を脅迫して、オーストリア・ナチ党の指導者ザイス＝インクヴァルトを首相に任命させます。ヒットラーがウィーンに入ったのはその二日後です。そして四月十日には国民投票がおこなわれます。ドイツとの合併を国民が望むか否《いな》かを問う投票です。いちおう自由な秘密投票ということになっていますが、いろいろと込み入った細工があり、実際には合併反対《ナイン》の票を投ずるにはかなりの勇気が必要であったようです。結果は合併賛成《ヤー》の票が九十九・七五パーセントを占めました。そのようにしてオーストリアという国家は完全に消滅し、その領土はドイツの一地方に成り下がってしまったのです。あなたはウィーンに行かれたことはありますか?」

ウィーンに行くどころか、日本から外に出たこともない。パスポートを手にしたことすらない。

「ウィーンは他に類を見ない街です」と免色は言った。「そこに少しでも暮らしてみれば、すぐにそのことがわかります。ウィーンはドイツとは違う。空気が違い、人が違います。食べ物が違い、音楽が違います。ウィーンはいわば人生を楽しみ、芸術を慈《いつく》しむための特別な場所です。しかしその時期のウィーンはまさに混乱の極致にありました。そこには激しい暴虐《ぼうぎゃく》の嵐《あらし》が吹き荒れていました。雨田さんが暮らしていたのは、まさにそのような動乱のウィーンだったのです。国民投票がおこなわれるまでは、ナチ党員もそれなりにまあ行儀良くしていたのですが、投票が終わると、暴力的な本性を剝《む》き出しにし始めました。アンシュルスのあとヒムラーがまず最初におこなったのは、オーストリアの北部にマウトハウゼン強制収容所を建設することでした。それを完成させるのにたった数週間しかかからなかった。ナチ政府にとっては、その強制収容所をこしらえることが何よりの急務だったのです。そして短い期間に何万人という政治犯が逮捕され、そこに送り込まれました。マウトハウゼンに送られたのは主として〈矯正の見込みがない〉政治犯や反社会分子でした。したがって囚人の取り扱いもきわめて苛酷《かこく》でした。多くの人々がそこで処刑されました。あるいは採石場での激しい肉体労働の末に命を落としました。〈矯正の見込みがない〉ということはつまり、いったんそこに放り込まれたら、まず生きては出てこられないことを意味します。また反ナチの活動家の中には強制収容所に送られることもなく、取調中に拷問《ごうもん》を受けて殺害され、闇から闇へと葬《ほうむ》られた人々も数多くいました。雨田具彦さんが関与したとされる暗殺未遂事件は、ちょうどそのようなアンシュルス後の混乱のさなかに起こったわけです」

私は黙って免色の話を聞いていた。

「しかし前にも申し上げたように、一九三八年の夏から秋にかけてナチの要人の暗殺未遂事件がウィーンであったという公式な記録は見当たりません。これは考えてみれば不思議なことです。というのは、もし実際にそのような暗殺計画が存在したとすれば、ヒットラーやゲッベルスはそのことを徹底的に宣伝し、政治的に利用していたでしょうから。水晶の夜《クリスタル・ナハト》の場合のように。クリスタル・ナハトのことはご存じでしょうね？」

「いちおうのことは」と私は言った。私はその事件を扱った映画を昔観たことがあった。「パリ駐在のドイツ大使館員が反ナチのユダヤ人に撃たれて死亡し、その事件を利用してナチがドイツ全土で反ユダヤ暴動を起こし、多くのユダヤ人経営の商店が破壊され、多くの人が殺害された。ウィンドウのガラスが割られて飛び散り、水晶のように光っていたことからその名前がつけられた」

「そのとおりです。一九三八年の十一月に起こった事件です。ドイツ政府は自発的に広がった暴動だという発表を出しましたが、実はゲッベルスを主導者とするナチ政府がその暗殺事件を利用し、組織的に画策した蛮行でした。暗殺犯であるヘルシェル・グリュンシュパンは、自分の家族がドイツ国内でユダヤ人として苛酷な扱いを受けていることに抗議するために、この犯行に及びました。最初はドイツ大使の殺害を狙《ねら》ったのですが、それが果たせず、目についた大使館員をかわりに射殺しました。殺されたラートという大使館員は皮肉なことに、反ナチの傾向があるということで当局の監視を受けていた人物でした。いずれにせよ、もしその時期のウィーンでナチの要人を暗殺する計画みたいなものがあったとしたら、間違いなく同様のキャンペーンがおこなわれていたでしょう。そしてそれを口実として、反ナチ勢力に対するより厳しい弾圧がおこなわれていたでしょう。少なくともその事件がこっそり闇に葬られるというようなことはなかったはずです」

「それが公にならなかったというのは、公にできない何かの事情があったということなのでしょうか？」

「その事件が実際にあったことは確かなようです。しかし暗殺計画に関わったとされる人々は、その多くはウィーンの大学生でしたが、一人残らず逮捕され、処刑あるいは殺害されました。口封じのためでしょう。一説によれば、抵抗メンバーの中にはナチ高官の実の娘も加わっており、それも事件が封印された理由のひとつになっているということです。しかし真偽は確かではありません。戦後になっていくつかの証言が出てきていますが、それらの周辺的証言にどれほど信憑性《しんぴょうせい》があるか、今ひとつ定かではありません。ちなみにその抵抗グループの名前は〈カンデラ〉というものでした。ラテン語で地下の闇を照らす燭台《しょくだい》のことです。日本語の〈カンテラ〉はここからきています」

「事件の当事者がひとり残らず殺されてしまっているということは、つまり生き残ったのは雨田具彦さんひとりだけだということになるのでしょうか？」

「どうやらそういうことになりそうです。終戦間際に国家保安本部の命令により、事件に関する秘密書類は残らず焼却され、そこにあった事実は歴史の闇に埋もれてしまっています。生き残った雨田具彦さんに、当時の詳しい事情を聞くことができればいいのでしょうが、それも今となってはきっとむずかしいのでしょうね」

むずかしいと思うと私は言った。雨田具彦はその事件に関しては今まで一切語ろうとはしなかったし、彼の記憶は今ではそっくり厚い忘却の泥の底に沈んでいる。

私は免色に礼を言って、電話を切った。

雨田具彦は記憶が確かだったあいだも、その事件については堅く口をつぐんでいた。おそらく口にはできないなんらかの個人的理由がそこにあったのだろう。あるいはドイツを出国するときに、何があっても沈黙を守るように当局から因果を含められたのかもしれない。しかし彼はその生涯にわたって沈黙を守る代わりに、『騎士団長殺し』という作品をあとに残した。彼は言葉で表すことを禁じられた出来事の真相を、あるいはそれにまつわる想《おも》いを、おそらくその絵に託したのだろう。

翌日の夜にまた免色から電話があった。秋川まりえが今度の日曜日の十時に、うちにやってくることに決まったということだった。前にも話したように、叔母さんが付き添ってやってくる。免色は最初の日には姿を見せない。

「しばらく日にちが経《た》って、彼女がもう少しあなたとの作業に馴染《なじ》んだころに、私は顔を出すようにします。最初のうちはきっと緊張も強いでしょうし、お邪魔をしない方が良いだろうという気がしたものですから」と彼は言った。

免色の声には珍しく上ずった響きがあった。おかげで私までなんとなく落ち着かない気持ちになった。

「そうですね。その方が良いかもしれません」と私は返事をした。

「でも考えてみれば、緊張が強いのはむしろ私の方かもしれませんね」、免色は少し躊躇《ちゅうちょ》してから、秘密を打ち明けるように言った。「前にも言ったと思いますが、私はこれまでただの一度も、秋川まりえの近くに寄ったことがありません。離れたところからしか目にしたことはありません」

「しかしもし彼女の近くに寄ろうと思えば、そういう機会はおそらくつくれたでしょうね」

「ええ、もちろんです。そうしようと思えば、機会はいくらでもつくれたはずです」

「でもあえてそうはしなかった。なぜですか？」

免色は珍しく時間をかけて言葉を選んだ。そして言った。「生身の彼女をすぐ目の前にして、そこで何を思い、どんなことを口にするか、自分でも予測がつかなかったからです。ですから、これまで彼女の近くに寄ることを意図的に避けてきました。谷をひとつ隔てて、遠くから高性能の双眼鏡で密《ひそ》かにその姿を眺めることで満足してきました。私の考え方は歪《ゆが》んでいると思いますか？」

「とくに歪んでいるとは思いません」と私は言った。「ただ少しばかり不思議に思えるだけです。しかしとにかく今回は、私の家で彼女と実際に会おうと決心をされたわけですね。それはなぜだろう？」

免色はしばらく沈黙していた。それから言った。「それはあなたという人が我々のあいだに、いわば仲介者として存在しているからです」

「ぼくが？」と私は驚いて言った。「でも、どうしてぼくなんだろう？　こんなことを申し上げるのは失礼かもしれませんが、免色さんはぼくのことをほとんど知りません。ぼくもまた免色さんのことをよく知りません。我々はほんの一ヶ月ばかり前に知り合ったばかりだし、谷間をはさんで向かい合って住んでいるというだけで、生活環境も暮らし方も、それこそ一から十まで違っています。なのにあなたはなぜぼくをそれほど信用して、いくつかの個人的な秘密を打ち明けてくれるのでしょう？　免色さんは簡単に自分の内面をさらけ出すような人には見えないのですが」

「そのとおりです。私はいったん何か秘密を持ったら、それを金庫に入れて鍵《かぎ》をかけ、その鍵を呑み込んでしまうような人間です。人に何かを相談したり、打ち明けたりするようなことはまずしません」

「なのにどうしてぼくに対しては——どういえばいいんだろう——ある程度心を許せるんですか？」

免色は少し沈黙した。そして言った。「うまく説明はできないのですが、あなたに対してはある程度無防備になってかまわないだろうという気持ちが、お会いした最初の日から私の中に生まれたような気がします。ほとんど直観として。そして後日、あなたが描いた私の肖像画を目にして、その気持ちは更に確かなものになりました。この人は信頼に足る人だ。この人なら私のものの見方や考え方を、自然なかたちでそのまま受け入れてくれるのではないかと思ったのです。たとえそれがいくぶん奇妙な、あるいは屈曲したものの見方や考え方であったとしてもです」

い、い、い、い、い、い、い、い、い、い、い、い、いくぶん奇妙な、あるいは屈曲したものの見方や考え方、と私は思った。

「そう言っていただけるのはとても嬉《うれ》しいのですが」と私は言った。「ぼくがあなたという人間を理解できているとはとても思えません。あなたはどう考えても、ぼくの理解の範囲を超えたところにいる人です。正直に言って、あなたに関する多くのことがぼくを率直に驚かせます。時には言葉を失わせます」

「でもあなたは私のことを判断しようとはなさらない。違いますか？」

言われてみれば、たしかにそのとおりだった。私は免色の言動や生き方を、何かの基準にあてはめて判断しようとしたことは一度もない。とくに賞賛もしなければ、批判もしなかった。ただ言葉を失っていただけだった。

「そうかもしれません」と私は認めた。

「そして私があの穴の底に降りたときのことを覚えていますか？　一人で一時間ばかりあそこにいたときのことを？」

「もちろんよく覚えています」

「あなたはあのとき、私を暗い湿った穴の中に永遠に置き去りにしようと、考えもしなかった。そういうことだってできたのに、そんな可能性はちらりとも頭に思い浮かばなかった。そうですね？」

「そのとおりです。でも免色さん、普通の人間はそんなことをしてみようなんて、思い浮かべもしませんよ」

「本当にそう言い切れますか？」

そう言われると返答のしようもなかった。ほかの人間が心の底で何を考えているかなんて、私には想像もつかない。

「あなたにもうひとつお願いがあります」と免色は言った。

「どんなことでしょう？」

「今度の日曜日の朝、秋川まりえとその叔母さんがおたくにやってくるときのことですが」と免色は言った。「できればそのあいだおたくを双眼鏡で見ていたいのですが、かまいませんか？」

かまわないと私は言った。騎士団長にだって、ガールフレンドとのセックスの様子をすぐそばでじっと観察されていたのだ。谷間の向かい側から双眼鏡でテラスを眺められたところで何の不都合があるだろう。

「いちおうあなたにはお断りしておいた方がいいだろうと思ったものですから」と免色は弁解するように言った。

不思議なかたちの正直さを身につけた男だと私はあらためて感心した。そして我々は話を終え、電話を切った。受話器をずっと押しつけていたせいで、耳の上の部分が痛んだ。

　翌日、昼前に配達証明つきの郵便が届いた。私は郵便局員の差し出した用紙にサインし、それと引き替えに大型の封筒を受け取った。それを手にしてあまり明るい気持ちにはならなかった。経験的に言って、配達証明つきの郵便で楽しい知らせがもたらされることはまずない。

　予想したとおり、差出人は都内の弁護士事務所で、封筒の中には離婚届の書類が二組入っていた。返信用の切手が貼《は》られた封筒も入っていた。用紙の他には、弁護士からの事務的な指示の手紙が入っていただけだった。手紙によれば、私がやらなくてはならないのは、そこに書かれている内容を読んで確認し、異存がなければ一組に署名捺印《なついん》をし、送り返すことだけだった。もし疑問の点があれば遠慮なく担当弁護士に質問をしていただきたい、とあった。私は書類にざっと目を通し、日付を書き込み、署名捺印した。内容についてはとくに「疑問の点」はなかった。金銭的な義務はどちらの側にもまったく発生しなかったし、分割するに値するような財産もなく、養育権を争うべき子供もいなかった。きわめて単純で、きわめてわかりやすい離婚だ。初心者向けの離婚、とでもいったところだ。二つの人生がひとつに重なり合い、六年後にまた別れていく。それだけのことだ。私はその書類を返信用の封筒に入れ、封筒を台所のテーブルの上に置いた。明日絵画教室に行くときに、駅前にある郵便ポストに放り込めばいい。

そのテーブルの上の封筒を、私は午後のあいだぼんやり眺めるともなく眺めていたのだが、そのうちに、その封筒の中には六年間に及ぶ結婚生活の重みがそっくり押し込められているように思えてきた。それだけの時間――そこには様々な記憶と様々な感情が染《し》みついている――が平凡な事務封筒の中で窒息させられ、じわじわ死んでいこうとしている。そんな様子を想像していると胸が圧迫され、呼吸がうまくできなくなってきた。私はその封筒を取り上げ、スタジオまで持って行って棚の上に置いた。薄汚れた古い鈴の隣に。そしてスタジオのドアを閉め、台所に戻り、雨田政彦にもらったウィスキーをグラスに注いで飲んだ。まだあたりが明るいうちは酒を飲まないと決めていたのだが、まあたまにはかまわないだろう。台所はとてもしんとしていた。風もなく、車の音も聞こえなかった。鳥さえ鳴いていなかった。

離婚すること自体にはとくに問題はなかった。我々は実質的には既に離婚していたようなものだったから。正式な書類に署名捺印することにも、さして感情的なこだわりはなかった。彼女がもしそれを求めているのなら、私の方に異論はない。そんなものはただの法的な手続きに過ぎないのだから。

しかしなぜ、どのようにしてそんな状況がもたらされたのかということになると、私にはその経緯が読み取れなかった。人の心と心が時間の経過に従って、状況の変化に沿って、くっついたり離れたりするものだというくらいのことはもちろんわかる。人の心の動きというのは、習慣や常識や法律では規制できない、どこまでも流動的なものなのだ。それは自由に羽ばたき、移動するものなのだ。渡り鳥たちが国境という概念を持たないのと同じように。

でもそれは結局のところ、あくまで一般的な物言いであって、あのユズがこの私に抱かれることを拒み、他の誰かに抱かれることを選んだことについては——そのような個別のケースについては——それほど容易《たやす》く理解することはできなかった。私が今こうして受けているのはひどく理不尽な、酷《ひど》く痛切な仕打ちであるように私には思えた。そこには怒りはない（と思う）。だいたい私は何に対して腹を立てればいいのだ？　私が感じているのは基本的には麻痺《まひ》の感覚だった。誰かを強く求めているのに、その求めが受け入れられないときに生じる激しい痛みを和らげるべく、心が自動的に起動させる麻痺の感覚だ。つまり精神のモルヒネのようなものだ。

私はユズをうまく忘れることができなかった。私の心はまだ彼女を求めていた。しかし仮に私の住まいから谷間を挟んだ向かい側にユズが暮らしていたとして、そしてもし私が高性能の双眼鏡を所有していたとして、私はそのレンズを通して彼女の日々の生活を覗《のぞ》き見ようとするだろうか？　いや、そんなことはまずしないだろう。というかそもそも、何があろうとそんな場所を住居として選んだりはしないだろう。それは自らのために拷問台をこしらえるようなものではないか。

ウィスキーの酔いのせいで、私は八時前にベッドに入って眠った。そして夜中の一時半に目を覚まし、そのまま眠れなくなった。夜明けまでの時間はおそろしく長く、孤独なものだった。本を読むこともできず、音楽を聴くこともできず、私は一人で居間のソファに座って、ただ何もない暗い空間を見つめていた。そして様々なことについて考えを巡らせた。その大半は私が考えるべきではないことだった。

騎士団長でもそばにいてくれればいいのだが、と私は思った。そして何かについて彼と語り合うことができればいいのだが、と。何についてでもいい。話題なんて何だってかまわない。ただ彼の声が聴ければそれでいい。

しかし騎士団長の姿はどこにも見当たらなかった。そして彼に呼びかける手段を私は持たなかった。

# 30 そういうのにはたぶんかなりの個人差がある

あくる日の午後、私は署名捺印した離婚届の書類を投函《とうかん》した。とくに手紙は添えなかった。ただ切手付きの返信用封筒に入れた書類を、駅前の郵便ポストに放り込んだ。でもその封筒が家の中からなくなったというだけで、私の心の負担はずいぶん軽減したようだった。その書類がこれからどのような法的経路を辿《たど》ることになるのか、そんなことは私にはわからない。どうでもいい。好きな道筋を辿らせればいい。

そして日曜日の朝、十時少し前に秋川まりえがうちにやってきた。明るいブルーのトヨタ・プリウスがほとんど音もなく坂を上ってきて、うちの玄関の前にそっと停まった。車体は日曜日の朝の太陽を受けて、晴れがましく鮮やかに輝いていた。まるで包装紙を解かれたばかりの新品のように見える。ここのところ、いろんな車がうちの前にやってくる。免色の銀色のジャガー、ガールフレンドの赤いミニ、免色が寄越す運転手付きの黒いインフィニティ、雨田政彦の黒い旧型ボルボ、そして秋川まりえの叔母の運転するブルーのトヨタ・プリウス。そしてもちろん私の運転するトヨタ・カローラ・ワゴン（長くほこりをかぶっているせいで、どんな色だったかよく思い出せない）。人々はおそらく様々な理由や根拠や事情があって、自分が運転する車を選ぶのだろうが、秋川まりえの叔母がどのようなわけでブルーのトヨタ・プリウスを選択したのか、もちろん私には知りようもない。いずれにせよその車は、自動車というよりは巨大な真空掃除機のように見えた。

プリウスの静かなエンジンが静かに停止し、あたりはほんの少しだけより静かになった。ドアが開いて、そこから秋川まりえと彼女の叔母さんらしき女性が降りてきた。若く見えるが、たぶん四十代の初めというところだろう。彼女は色の濃いサングラスをかけ、淡いブルーのシンプルなワンピースに、グレーのカーディガンを羽織っていた。黒い艶《つや》やかなハンドバッグを持ち、濃いグレーのローヒールの靴を履いていた。運転するのに向いた靴だ。ドアを閉めると、彼女はサングラスをとってバッグにしまった。髪は肩までの長さで、きれいにウェーブをかけられていた（しかしさっき美容室から出てきたばかり、という過剰な完璧《かんぺき》さはない)。ワンピースの襟につけられた金のブローチのほかには、目だった装身具はつけていない。

秋川まりえは黒のコットン・ウールのセーターを着て、茶色の膝《ひざ》までの丈のウールのスカートをはいていた。これまで学校の制服を着ている彼女しか見たことがなかったので、いつもとは雰囲気がずいぶん違っていた。二人が並んで立つと、いかにも品の良い家庭の母子《おやこ》のように見えた。でも二人が実際の母子ではないことを、私は免色から聞いて知っている。

私はいつものように窓のカーテンの隙間《すきま》から、彼女たちの様子を観察していた。それからドアベルが鳴らされ、私は玄関にまわってドアを開けた。

秋川まりえの叔母はずいぶん穏やかな話し方をする、顔立ちの良い女性だった。はっと人目を惹《ひ》くような美人ではないが、きれいに整った上品な顔立ちだった。自然な笑みが明け方の白い月のように、口元に控えめに浮かんでいた。彼女は手土産に菓子折を持ってきた。私の方が秋川まりえにモデルになってもらいたいとお願いしているのだから、手土産を持ってくる必要なんてまったくないわけだが、初対面の相手の家を訪問するときには何か手土産を持参するものだという教育を、きっと小さい頃から受けてきた人なのだろう。だから私は素直に礼を言ってそれを受け取った。そして居間に二人を案内した。

「私たちの住んでおります家は、距離にすればここからほとんど目と鼻の先なのですが、車で来るとなると、ぐるりと回り込まなくてはなりません」と叔母は言った（彼女の名前は秋川笙子《しょうこ》といった。笙の笛のショウです、と彼女は言った）。「ここに雨田具彦先生がお住まいだということはもちろん前から存じ上げていたのですが、そのようなわけで、実際にこのあたりに来るのはこれが初めてなんです」

「今年の春頃から、ちょっと事情がありまして、ぼくがこの家の留守番のようなことをさせてもらっています」と私は説明した。

「そのようにうかがいました。こうしてご近所に住んでおりますのも何かのご縁でしょうし、これからもよろしくお願い申し上げます」

それから秋川笙子は、姪《めい》のまりえが絵画教室で私に教わっていることについて、深く丁寧に礼を言った。姪はおかげさまで、いつも楽しみに教室に通っておりますと彼女は言った。

「教えるというほどのことでもないんです」と私は言った。「みんなと一緒に楽しんで絵を描いているだけ、みたいなものですから」

「でもご指導がとてもお上手だとうかがいました。たくさんの方々の口から」

それほど多くの人が私の絵の指導を褒めるとも思えなかったが、それについてはとくに何もコメントをしなかった。ただ黙って賞賛の言葉を聞き流していた。秋川笙子は育ちが良く、礼儀を重んじる女性なのだ。

秋川まりえと秋川笙子が並んで座っているのを見て、人がまず思うのは、二人はどの点をとっても顔立ちがまるで似ていないということだろう。少し離れたところから見ると、いかにも似合いの母子のような雰囲気を漂わせているのだが、近くに寄ると、二人の相貌《そうぼう》のあいだには共通するところがまるで見当たらないことがわかった。秋川まりえも端正な顔立ちだし、秋川笙子も間違いなく美しい部類に入るのだが、二人の顔が人に与える印象は両極端といってもいいくらい違っていた。秋川笙子の顔立ちがものごとのバランスを上手に取ろうとする方向を目指しているとすれば、秋川まりえのそれはむしろ均衡を突き崩し、定められた枠を取り払う方に向かっているみたいだった。秋川笙子が穏やかな全体の調和と安定を目標にしているとすれば、秋川まりえは非シンメトリカルな対立を求めていた。しかしそれでいながら、二人が家庭内で心地良い健全な関係を保っているらしいことも、雰囲気からおおよそ推察できた。二人は母子ではなかったが、ある意味では実際の母子よりもむしろリラックスした、ほどよい距離をとった関係を結んでいるように見えた。少なくとも私はそんな印象を受けた。

秋川笙子のような美しい顔立ちの、洗練された上品な女性が、どうしてこれまでずっと独身を通してきたのか、こんな人里離れた山の上で兄の家族との同居に甘んじているのか、私にはもちろんそのへんの経緯は知りようもない。彼女にはかつて登山家の恋人がいたが、彼は最も困難なルートからのチョモランマ登頂に挑んで命を落とし、その美しい思い出を胸に抱いて、永遠に独身をまもり続けようと心を決めたのかもしれない。あるいはどこかの魅力的な妻帯者と、長年にわたって不倫の関係を持ち続けているのかもしれない。しかしいずれにせよそれは私には関わりのない問題だ。

秋川笙子は西側の窓際に行って、そこから見える谷間の眺めを興味深そうに見ていた。

「同じ向かい側にある山でも、見る角度が少し違うだけで、ずいぶん見え方が違うものですね」と彼女は感心したように言った。

その山の上には、免色の白い大きな屋敷が鮮やかに光って見えた（そこから免色はおそらく双眼鏡でこちらをうかがっていることだろう）。彼女の家からその白い屋敷はどんな風に見えるのだろう？　それについて少し話してみたかったが、最初からその話題を持ち出すことには、いささかの危険がひそんでいるような気がした。話がそこからどのように展開していくか、予測がつきにくいところがある。

　私は面倒を避けるべく、その二人の女性をスタジオに案内した。

「このスタジオで、まりえさんにモデルになっていただくことになります」と私は二人に言った。

「雨田先生もきっとここでお仕事をしていらっしゃったのでしょうね」と秋川笙子はスタジオの中を見回しながら、興味深そうに言った。

「そのはずです」と私は言った。

「なんて言えばよろしいのかしら、おうちの中でも、ここだけ少し空気が違っているみたいに感じられます。そう思われませんか？」

「さあ、どうでしょうね。普段生活していると、あまりそういう感じも受けないのですが」

「まりちゃんはどう思う？」と秋川笙子はまりえに尋ねた。「ここって、けっこう不思議な空間みたいだと感じない？」

　秋川まりえはスタジオのあちこちを眺めるのに忙しくて、それには返事をしなかった。たぶん叔母の問いかけが耳に入らなかったのだろう。私としてもその返答を聞いてみたかったのだが。

「ここでお二人でお仕事をなさっているあいだ、私は居間で待っていた方がよろしいのでしょうね」と秋川笙子は私に尋ねた。

「それはまりえさん次第です。まりえさんが少しでも寛《くつろ》げるような環境をつくるのが、なにより大事なことです。ぼくとしてはあなたが一緒にここにいらっしゃっても、いらっしゃらなくても、どちらでもまったくかまいません」

「叔母さんはここにいないほうがいい」とまりえがその日初めて口を開いた。静かではあるけれどとても簡潔な、そして譲歩の余地のない通告だった。

「いいわよ。まりちゃんのお好きに。たぶんそうだろうと思って、読む本もちゃんと用意してきましたしね」、秋川笙子は姪のきつい口調も気にしないで、穏やかにそう返答した。たぶんそういうやりとりに普段から馴《な》れているのだろう。

秋川まりえは叔母の言ったことはまったく無視して、腰を軽くかがめ、壁に掛けられた雨田具彦の『騎士団長殺し』を正面からじっと見据えていた。その横に長い日本画を見ている彼女の目はどこまでも真剣だった。彼女は細部をひとつひとつ点検し、そこに描かれているすべての要素を記憶に刻み込もうとしているみたいに見えた。そういえば（と私は思った）私以外の人間がこの絵を目にするのは、おそらくは初めてのことかもしれない。私はその絵を前もって人目につかないところに移しておくことを、すっかり忘れていたのだ。まあいい、仕方ない、と私は思った。

「その絵は気に入った？」と私はその少女に尋ねてみた。

秋川まりえはそれにも返事をしなかった。あまりに意識を集中して絵を眺めているせいで、私の声が耳に入らないようだった。それとも聞こえても無視しているだけなのだろうか？

「すみません。ちょっと変わった子なんです」と秋川笙子が取りなすように言った。「集中力が強いというか、いったん夢中になると他のことがいっさい頭に入らなくなってしまいます。小さな頃からそうでした。本でも音楽でも絵でも映画でも、なんでもそうなんです」

どうしてかはわからないが、秋川笙子もまりえも、その絵が雨田具彦の描いた絵なのかどうか尋ねなかった。だから私もあえて説明はしなかった。もちろん『騎士団長殺し』というタイトルも教えなかった。この二人が絵を目にしたところで、とくに問題はあるまいと私は思った。おそらく二人はこの絵が雨田具彦のコレクションに含まれていない特別な作品であることに気がついたりはしないだろう。免色や政彦がそれを目にするのとは話が違う。

私は秋川まりえに『騎士団長殺し』を心ゆくまで見させておいた。そして台所に行ってお湯を沸かし、紅茶を淹《い》れた。そしてカップとティーポットを盆に載せて居間に運んだ。秋川笙子が土産に持ってきてくれたクッキーも、それに添えて出した。私と秋川笙子は居間の椅子《いす》に座って、軽い世間話（山の上での生活や、谷間の気候について）をしながらお茶を飲んだ。実際の仕事にかかるまえに、そういうリラックスした会話の時間が必要なのだ。

秋川まりえは『騎士団長殺し』の絵をまだしばらく一人で眺めていたが、やがて好奇心の強い猫のようにスタジオの中をゆっくり歩き回り、そこにあるものをひとつひとつ手にとって確かめていった。絵筆や、絵の具や、キャンバスや、そして地中から掘り出した古い鈴も。彼女は鈴を手にとって、何度か振ってみた。いつものりんりんという軽い音がした。

「なぜこんなところに古いスズがあるの？」とまりえは無人の空間に向かって、誰に尋ねるともなく尋ねた。でももちろん彼女は私に尋ねているのだ。

「その鈴はここの近くの土の下から出てきたんだよ」と私は言った。「たまたま見つけたんだ。たぶん仏教に関係したものだと思う。お坊さんが、お経を読みながらそれを振るとか」

彼女はもう一度それを耳元で振った。そして「なんだか不思議な音がする」と言った。

そんなささやかな鈴の音が、よくあの雑木林の地底からこの家にいる私の耳に届いたものだと、私はあらためて感心した。振り方に何かコツのようなものがあるのかもしれない。

「よそのおうちのものをそんなに勝手にいじるんじゃありません」と秋川笙子が姪に注意をした。

「べつにかまいませんよ」と私は言った。「たいしたものではありませんから」

しかしまりえはその鈴にすぐに興味を失ったようだった。彼女は鈴を棚に戻し、部屋の真ん中にあるスツールに腰を下ろした。そこから窓の外の風景を眺めた。

「もしよろしければ、そろそろ仕事にかかろうと思います」と私は言った。

「じゃあ、そのあいだ私はここで一人で本を読んでいます」と秋川笙子は上品な微笑《ほほえ》みを浮かべて言った。そして黒いバッグから、書店のカバーのかかった厚い文庫本を取り出した。私は彼女をそこに残してスタジオに入り、居間とのあいだを隔てるドアを閉めた。そして私と秋川まりえは部屋の中に二人きりになった。

私はまりえを、用意しておいた背もたれのある食堂の椅子に座らせた。そして私はいつものスツールに腰掛けた。二人の間には二メートルほどの距離があった。

「しばらくそこに座っていてくれるかな。好きなかっこうでいいし、大きく姿勢を変えなければ、適当に動いてかまわない。とくにじっとしている必要はない」

「絵を描いているあいだ、話してもかまわない？」と秋川まりえは探りを入れるように言った。

「もちろんかまわない」と私は言った。「話をしよう」

「このあいだ、わたしを描いてくれた絵はとてもよかった」

「黒板にチョークで描いた絵のこと？」

「消しちゃって、残念だった」

私は笑った。「いつまでも黒板に残しておくわけにもいかないからね。でもあんなものでよければ、いくらでも描いてあげるよ。簡単なものだから」

彼女はそれには返事をしなかった。

私は太い鉛筆を手にとり、それを物差しのように使って、秋川まりえの顔立ちの諸要素を測ってみた。デッサンを描くにあたっては、クロッキーとは違って、時間をかけてより正確に実務的にモデルの顔立ちを把握する必要がある。たとえそれが結果的にどのような絵になるにせよ。

「先生は絵を描く才能みたいなのがあると思う」、まりえはしばらく続いた沈黙のあとで思い出したようにそう言った。

「ありがとう」と私は素直に礼を言った。「そう言ってもらえると、とても勇気が湧いてくる」

「先生にも勇気は必要なの？」

「もちろん。勇気は誰にとっても必要なものだよ」

私は大型のスケッチブックを手に取って、それを開いた。

「今日はこれから君をデッサンする。ぼくはいきなりキャンバスに向かって絵の具を使うのも好きなんだけど、今回はしっかりデッサンをする。そうすることで君という人間を少しずつ、段階的に理解していきたいから」

「わたしを理解するの？」

「人物を描くというのはつまり、相手を理解し解釈することなんだ。言葉ではなく線やかたちや色で」

「わたしもわたしのことを理解できればと思う」とまりえは言った。

「ぼくもそう思う」と私は同意した。「ぼくもぼくのことが理解できればと思う。でもそれは簡単なことじゃない。だから絵に描くんだ」

私は鉛筆を使って彼女の顔と上半身を手早くスケッチしていった。彼女の持つ奥行きをどのように平面に移し替えていくか、それが大事なことになる。そこにある微妙な動きをどのように静止の中に移し替えていくか、それもまた大事なことになる。デッサンがその概要を決定する。

「ねえ、わたしの胸って小さいでしょう」とまりえは言った。

「そうかな」と私は言った。

「膨らみそこねたパンみたいに小さいの」

私は笑った。「まだ中学校に入ったばかりだろう。これからきっとどんどん大きくなっていくよ。何も心配することはない」

「ブラもぜんぜん必要ないくらい。クラスの他の女の子はみんなブラをつけているっていうのに」

たしかに彼女のセーターには、胸の膨らみらしきものはまったく見受けられなかった。「もしそれがどうしても気になるのなら、何か詰め物をしてつければいいんじゃないかな」と私は言った。

「そうしてほしい？」

「ぼくはどちらだってかまわない。なにも君の胸の膨らみを描くために絵を描いているわけじゃないから。君の好きにすればいい」

「でも男のひとって、胸の大きな女のひとのほうが好きなんでしょう?」

「そうとも限らない」と私は言った。「ぼくの妹は君と同じ歳《とし》の頃、やはりまだ胸が小さかった。でも妹はそんなことはとくに気にしていなかったみたいだったよ」

「気にしていたけど、口に出さなかっただけかもしれない」

「それはそうかもしれないけど」と私は言った。でもたぶんコミはそんなことはほとんど気にしていなかったと思う。彼女にはほかにもっと気にしなくてはならないことがあったから。

「妹さんは、そのあとで胸は大きくなった?」

私は鉛筆を持った手を忙しく動かし続けた。その質問にはとくに返事をしなかった。

秋川まりえはしばらくじっと私の手の動きを見ていた。

「彼女、そのあとで胸は大きくなった?」とまりえはもう一度同じ質問をした。

「大きくはならなかったよ」と私はあきらめて答えた。「中学校に入った年に妹は死んでしまったから。まだ十二歳だった」

秋川まりえはそのあとしばらく何も言わなかった。

「わたしの叔母さんって、けっこう美人だと思わない?」とまりえは言った。話題がすぐに変わる。

「ああ、とてもきれいな人だ」

「先生は独身なんでしょう？」

「ああ、ほとんど」と私は答えた。あの封筒が弁護士事務所に到着すれば、おそらくは完全に。

「彼女とデートしたいと思う？」

「ああ、そうできたら楽しいだろうね」

「胸も大きいし」

「気がつかなかったな」

「それにすごくかたちがいいのよ。いっしょにお風呂《ふろ》に入ったりするから、よく知ってるんだ」

私は秋川まりえの顔をあらためて見た。「君は叔母さんと仲が良いんだね？」

「ときどきケンカもするけど」と彼女は言った。

「どんなことで？」

「いろんなことで。意見が合わなかったり、ただ単にアタマにきたり」

「君はなんだか不思議な女の子だね」と私は言った。「絵の教室にいるときはずいぶん雰囲気が違う。教室ではとても無口だという印象があったんだけど」

「しゃべりたくないところではあまりしゃべらないだけ」と彼女はあっさりと言った。

「わたしってしゃべりすぎているかな？　もっとじっと静かにしていた方がいい？」

「いや、もちろんそんなことはない。話をするのはぼくも好きだよ。どんどんしゃべってくれてかまわない」

もちろん、私は自然で活発な会話を歓迎した。二時間近く黙りこくって、ただ絵を描いているわけにはいかない。

「胸のことが気になってしかたないの」とまりえは少しあとで言った。「毎日ほとんどそのことばかり考えている。それってヘンかしら？」

「とくに変じゃないと思うよ」と私は言った。「そういう年頃なんだ。ぼくだって君くらいの歳のときには、おちんちんのことばかり考えていたような気がするな。かたちが変なんじゃないかとか、小さすぎるんじゃないかとか、妙な働き方をするんじゃないかとか」

「それで今はどうなの？」

「今、自分のおちんちんについてどう思うかってこと？」

「そう」

私はそれについて考えてみた。「ほとんど考えることはないな。けっこう普通じゃないかと思うし、これといって不便は感じないし」

「女のひとはほめてくれる？」

「たまにだけど、褒めてくれる人もいないではない。でももちろんただのお世辞かもしれない。絵を褒められるのと同じで」

秋川まりえはそれについてしばらく考えていた。そして言った。「先生はちょっと変わってるかもしれない」

「そうかな？」

「普通のうちの男のひとはそんなふうなものの言い方をしない。うちのお父さんだって、そういうことをいちいち話してくれない」

「普通のうちのお父さんは自分の娘におちんちんの話なんてしたがらないんじゃないかな」と私は言った。そのあいだも私の手は忙しく動き続けていた。

「チクビって、いくつくらいから大きくなるものなの？」とまりえは尋ねた。

「さあ、ぼくにはよくわからないな。男だからね。でもそういうのにはたぶん、かなりの個人差があるんじゃないかと思うよ」

「子供の頃、ガールフレンドはいた？」

「十七歳のときに初めてガールフレンドができた。高校の同じクラスの女の子だったね」

「どこの高校？」

豊島《としま》区内にある都立高校の名前を教えた。そんな高校が存在することは豊島区民以外ほとんど誰も知らないはずだ。

「学校は面白かった？」

私は首を横に振った。「べつに面白くはなかった」

「それで、そのガールフレンドのチクビは見た？」

「うん」と私は言った。「見せてもらった」

「どれくらいの大きさだった？」

私は彼女の乳首のことを思い出した。「とくに小さくもないし、とくに大きくもない。普通の大きさだったと思うな」

「ブラに詰め物はしていた？」

私は昔のガールフレンドのつけていたブラジャーのことを思い出した。ずいぶんぼんやりとした記憶しか残っていなかったけれど。覚えているのは、背中に手をまわしてそれをはずすのが大変だったということくらいだ。「いや、とくに詰め物はしていなかったと思うな」

「そのひとは今はどうしているの？」

私は彼女について考えてみた。今はどうしているのだろう？「さあ、わからないよ。もう長く会っていないから。誰かと結婚して、子供だっているんじゃないかな」

「どうして会わないの？」

「もう二度と会いたくないと彼女に最後に言われたからだよ」

まりえは眉《まゆ》をしかめた。「それって、センセイのほうに何か問題があったからなの？」

「たぶんそうだと思う」と私は言った。もちろん私の方に問題があったのだ。疑いの余地のないことだ。

わりに最近になって二度ばかりその高校時代のガールフレンドの夢を見た。ひとつの夢の中で我々は夏の夕方、大きな川の畔《ほとり》を並んで散歩していた。私は彼女にキスをしようとした。でも彼女の顔の前にはなぜか長い黒髪がカーテンのようにかかっていて、私の唇は彼女の唇に触れることができなかった。そしてその夢の中で彼女は今でも十七歳なのに、私の方はもう三十六歳になってしまっていることに、私はそのとき突然気がついた。そこで目が覚めた。それはとても生々しい夢だった。私の唇にはまだ彼女の髪の感触が残っていた。彼女のことなんて、もうずいぶん長く考えたこともなかったのに。

「それで、妹さんは先生よりいくつ年下だったの？」とまりえはまた急に話題を変えて尋ねた。

「三歳下だった」

「十二歳でなくなったのね？」

「そうだよ」

「じゃあ、そのとき先生は十五歳だったんだ」

「そうだよ。ぼくはそのとき十五歳だった。高校に入ったばかりだった。彼女は中学校に入ったばかりだった。君と同じで」

考えてみると、今ではコミは私よりもう二十四歳も年下になっている。彼女が亡《な》くなってしまったことで、当然ながら我々のあいだの年齢差は年ごとに開いていく。

「わたしのお母さんが死んだとき、私は六歳だった」とまりえは言った。「お母さんはスズメバチに身体《からだ》を何カ所もさされて死んだの。この近くの山の中を一人で散歩をしているときに」

「気の毒に」と私は言った。

「生まれつき体質的に、スズメバチの毒に対してアレルギーがあったの。救急車で病院に運ばれたんだけど、そのときにはもうショックでシンパイ停止になっていた」

「そのあとで叔母さんが一緒におうちに住むようになったの？」

「そう」と秋川まりえは言った。「彼女はお父さんの妹なの。わたしにもお兄さんがいたらよかったんだけどな。三歳くらい年上のお兄さんが」

私は一枚目のデッサンを終え、二枚目にかかった。私はいろんな角度から彼女の姿を描いてみたかった。今日一日はそっくりデッサンに当てるつもりだった。

「妹さんとケンカはした？」と彼女は尋ねた。

「いや、喧嘩《けんか》をした記憶がないんだ」

「仲がよかったのね？」

「そうだったんだろうね。仲が良いとか悪いとか、そういうのを意識したことすらなかったけれど」

「ほとんど独身って、どういうこと？」と秋川まりえが尋ねた。またそこで話題が転換したわけだ。

「もうすぐ正式に離婚することになる」と私は言った。「今は事務的な手続きを進めている最中だから、ほとんどというわけだよ」

彼女は目を細めた。「リコンってよくわからないな。わたしのまわりにはリコンしたひとっていないから」

「ぼくにもよくわからないよ。なにしろ離婚するのは初めてだから」

「どんな気持ちがするもの？」

「なんだか変てこな気持ちがするっていえばいいのかな。今までこれが自分の道だと思って普通に歩いてきたのに、急にその道が足元からすとんと消えてなくなって、何もない空間を方角もわからないまま、手応《てごた》えもないまま、ただてくてく進んでいるみたいな、そんな感じだよ」

「どれくらい結婚していたの？」

「ほぼ六年間」

「オクさんはいくつなの？」

「ぼくより三つ年下だよ」。もちろん偶然だが、妹と同じだ。

「その六年間って、ムダにしたと思う？」

私はそのことについて考えた。「いや、そうは思えないな。無駄に費やされたとは思いたくない。楽しいこともけっこういっぱいあったし」

「オクさんもそう考えている？」

私は首を振った。「それはぼくにはわからない。そう考えていてほしいとはもちろん思うけど」

「訊《き》いてみなかったの？」

「訊いてみなかった。今度、機会があったら訊いてみるよ」

我々はそれからしばらくのあいだまったく口をきかなかった。私は二枚目のデッサンに意識を集中していたし、秋川まりえは何かについて——乳首の大きさだか、離婚のことだか、スズメバチだか、あるいはほかの何かについて——真剣に考え込んでいた。目を細め、唇をまっすぐ結び、両手で左右の膝を摑《つか》むようにして、思考に深く身を沈めていた。彼女はそういうモードに入ってしまったようだった。私はその生真面《きまじ》目《め》な表情をスケッチブックの白い紙の上に記録していった。

毎日正午になると、山の下の方からチャイムの音が聞こえてくる。たぶん役場だか、どこかの学校だかが、時を告げるために鳴らしているのだろう。それを耳にして私は時計に目をやった。そして作業を切り上げた。それまでに私は三枚のデッサンを描き上げていた。どれもなかなか興味深い造形だった。それらは来《きた》るべき何かをそれぞれに示唆《しさ》していた。一日ぶんの仕事にしては悪くない。

秋川まりえがスタジオの椅子に座ってモデルをつとめた時間は、全部で一時間半強というところだった。初日の作業としてはそれが限度だろう。馴れない人が――とくに育ち盛りの子供が――絵のモデルをつとめるのは簡単なことではない。

秋川笙子は黒縁の眼鏡をかけ、居間のソファに座って熱心に文庫本を読んでいた。私が居間に入っていくと眼鏡を取り、文庫本を閉じてバッグにしまった。眼鏡をかけていると彼女はずいぶん知的に見えた。

「今日の作業は無事に終わりました」と私は言った。「よかったらまた来週、同じ時間にいらしていただけますか？」

「ええ、もちろん」と秋川笙子は言った。「ここで一人で本を読んでいると、なぜかとても気持ちよく読めるんです。ソファの座り心地が良いからかしら？」

「まりえさんもかまわないかな？」と私はまりえに尋ねた。

まりえは何も言わずこっくりと肯《うなず》いた。かまわない、ということだ。叔母の前に出ると、彼女はさっきまでとは打って変わって寡黙《かもく》になった。あるいは三人でいることが気に入らないのかもしれない。

そして二人は青いトヨタ・プリウスに乗って帰って行った。私はそれを玄関で見送った。サングラスをかけた秋川笙子は窓から手を出して、私に小さく何度か手を振った。小さな白い手だった。私も手を上げてそれに答えた。秋川まりえは顎《あご》を引いて、ただまっすぐ前方を見ていた。車が坂を下って視界から消えてしまうと、私は家に戻った。二人がいなくなると、家の中はなぜか急にがらんとして見えた。当然あるべきものがなくなってしまったみたいに。

不思議な二人組だ、と私はテーブルの上に残された紅茶のカップを眺めながら思った。でもそこには何かしら普通ではないところがある。しかし彼女たちのいったいどこが普通ではないのだろう？

それから私は免色のことを思い出した。まりえをテラスに出して、彼が双眼鏡で彼女をよく見ることができるようにしてやるべきだったのかもしれない。しかしそれから考え直した。どうして私がわざわざそんなことをしなくてはならないのだ？　そうしてくれと頼まれてもいないのに？

いずれにせよ、これからまだ機会はある。急ぐことはない。たぶん。

# 31 あるいはそれは完璧すぎたのかもしれない

その日の夜に免色から電話がかかってきた。時計はもう九時をまわっていた。遅い時刻に電話をかけたことを彼は詫《わ》びた。つまらない用事があって、今までどうしても手があかなかったのだと彼は言った。まだしばらくは眠らないから、時刻のことは気にしなくていいと私は言った。

「どうでしたか、今朝のお仕事はうまく運びましたか?」、彼は私にそう尋ねた。

「まずまずうまく運んだと思います。まりえさんのデッサンをいくつか仕上げました。来週の日曜日、また同じ時刻に二人はここにやってきます」

「それはよかった」と免色は言った。「ところで、叔母さんはあなたに対して友好的でしたか？」

友好的？　その言葉には何か奇妙な響きがあった。

私は言った。「ええ、なかなか感じの良い女性に見えましたよ。友好的と言えるかどうかまではわかりませんが、とくに警戒的な様子もありませんでした」

そしてその日の朝に起こったことをかいつまんで説明した。免色はほとんど息を詰めて私の話を聞いていた。そこに含まれた細かい具体的な情報を、ひとつでも多く有効に吸収しようとしているようだった。ただじっと耳を澄ませていた。ときどきちょっとした質問をする以外、ほとんど口をきかなかった。彼女たちがどんな風に見えて、どんなことを口にしたか。どんな風にしてやってきたか。どんな服を着て、どんなことを口にしたか。そしてどのように私は秋川まりえをデッサンしたか。私はその様子を免色にひとつひとつ教えた。しかし秋川まりえが自分の胸が小さなことを気にしているところまでは言わなかった。そういうことはたぶん、私と彼女とのあいだに留めておいた方がいいはずだ。

「来週私がそちらに顔を出すのは、きっとまだ少し早すぎるでしょうね？」と免色は私に尋ねた。

「それは免色さんが決めることです。ぼくにはそこまでは判断できません。ぼくとしては、来週お見えになってもとくに問題はないような気はしますが」

免色はしばらく電話口で黙っていた。「少し考えなくちゃならない。ずいぶん微妙なところですから」

「ゆっくり考えてください。絵を描き上げるまでには、まだしばらく時間はかかりそうですし、機会はこれから何度もあると思いますよ。ぼくとしては来週でも再来週でも、どちらでもかまいません」

免色がそのように思い惑うのを前にするのはそれが初めてだった。私がそれまで見たところ、たとえどのようなことであれ、決断が速く迷いのないところが免色という人物の持ち味だったのだが。

私は免色に今日の朝、双眼鏡でうちを見ていたのかどうか尋ねようかと思った。秋川まりえとその叔母の姿はちゃんと観察できたのかと。しかし思い直してそれはやめた。彼の方から言い出すのではない限り、その話題は持ち出さない方が賢明だろう。たとえ見られているのが私の住んでいる家であったとしても。

免色は私にあらためて礼を言った。「いろいろと無理なお願いをして、申し訳なく思っています」

私は言った。「いえ、ぼくにはあなたのために何かをしているというつもりはありません。ぼくはただ秋川まりえの絵を描いているだけです。描きたいから描いているだけです。表向きも実際にも、そういう話の流れになっているはずです。とくにお礼を言われるような筋合いはありません」

「それでも私はあなたにずいぶん感謝しているんです」と免色は静かに言った。「とてもいろんな意味で」

いろんな意味というのがどういうことなのか、私にはよくわからなかったが、それについてあえて質問はしなかった。もう夜も遅い。我々は簡単におやすみの挨拶《あいさつ》をして電話を切った。しかし受話器を置いたあと、免色はこれから眠れない長い夜を迎えるのかもしれないと、私はふと思った。彼の声にはそういう緊張の響きが聞き取れた。きっと彼には考えを巡らさなくてはならないたくさんのものごとがあるのだろう。

その週は、とくに何ごとも起こらなかった。騎士団長も姿を見せなかったし、年上の人妻のガールフレンドも連絡をしてこなかった。とても静かな一週間だった。私のまわりで秋が徐々に深まっていっただけだった。空が日に見えて高くなり、空気が澄み渡り、雲が刷毛《はけ》で引いたような美しい白い筋を描いた。

私は秋川まりえの三枚のデッサンを何度も手にとって眺めた。それぞれの姿勢と、それぞれの角度。とても興味深く、また示唆に富んでいる。しかしその中からどれかひとつを具体的な下絵として選ぶつもりは、私には最初からなかった。私がその三枚のデッサンを描いた目的は、彼女自身にも言ったように、秋川まりえという少女のありようを私が全体として理解し、認識することにあった。彼女という存在をいったん私の内側に取り込んでしまうこと。

私は彼女を描いた三枚のデッサンを何度も何度も繰り返し眺めた。そして意識を集中し、彼女の姿を私の中に具体的に立ち上げていった。そうしているうちに、私の中で秋川まりえの姿と、妹のコミの姿とがひとつに入り混じっていく感覚があった。それが適切なことなのかどうか、私には判断を下せなかった。でもその二人のほとんど同年齢の少女たちの魂は既にどこかで——たぶん私の入り込んでいけない奥深い場所で——響き合い、結びついてしまったようだった。私にはもうその二つの魂を解きほぐすことができなくなっていた。

その週の木曜日に妻からの手紙が届いた。それは三月に私が家を出て以来、彼女から初めて受け取る連絡だった。よく見慣れた美しい律儀《りちぎ》な字で宛名《あてな》と、差出人の名前が封筒に書かれていた。彼女はまだ私の姓を名乗っていた。あるいは正式に離婚が成立するまでは、結婚時の姓を名乗っていた方が何かと便利なのかもしれない。

鋏《はさみ》を使ってきれいに封を切った。中には氷山の上に立つシロクマの写真がついたカードが入っていた。そしてカードには私が離婚届に署名捺印《なついん》して、すぐに送り返してくれたことに対する礼が簡単に書かれていた。

お元気ですか？　私の方はなんとかこともなく暮らしています。まだ同じところに住んでいます。書類をとても早く返送してくれてありがとう。感謝します。手続きの進展があったら、あらためて連絡します。
あなたがうちに置いていったもので、もし何か入り用なものがあったら教えてください。宅配便でそちらに届けるようにします。いずれにせよ、私たちそれぞれの新しい生活がうまく運ぶことを願っています。

柚

私はその手紙を何度も読み返した。そして文面の裏に隠された気持ちのようなものを少しでも読み取ろうとつとめた。しかしその短い文面からは、どのような言外の気持ちも意図も読み取れなかった。彼女はそこに明示されたメッセージを、ただそのまま私に伝達しようとしているだけみたいだった。

私にもうひとつよくわからないのは、なぜ離婚届の書類を用意するのにそんなに長く時間がかかったのかということだけだった。作業としては、それほど面倒なものではないはずだ。そして彼女としては一刻も早く、私との関係を解消したかったはずだ。それなのに私が家を出てからもう半年が経《た》っている。そのあいだ彼女はいったい何をしていたのだろう？　何を考えていたのだろう？

私はそれからカードのシロクマの写真をじっくり眺めた。しかしそこにもまた何の意図も読み取れなかった。どうして北極のシロクマなのだろう？　おそらくたまたま手元にシロクマのカードがあったから、それを使ったのだろう。たぶんそんなところだろうと私は推測した。それとも小さな氷山の上に立ったシロクマは、行く先もしれず、海流の赴くままどこかに流されていく私の身の上を暗示しているのだろうか？

いや、たぶんそれは私のうがちすぎだろう。

私は封筒に入れたそのカードを机のいちばん上の抽斗《ひきだし》に放り込んだ。抽斗を閉めてしまうと、ものごとが一段階前に進められたという微《かす》かな感触があった。かちんという音がして、目盛りがひとつ上がったみたいだった。私が自分でそれを進めたわけではない。誰かが、何かが、私のかわりに新しい段階を用意してくれて、私はただそのプログラムに従って動いているだけだ。

それから私は日曜日に自分が秋川まりえに、離婚後の生活について口にしたことを思いだした。

今までこれが自分の道だと思って普通に歩いてきたのに、急にその道が足元からすとんと消えてなくなって、何もない空間を方角もわからないまま、手応えもないまま、ただてくてく進んでいるみたいな、そんな感じだよ。

行方の知れない海流だろうが、道なき道だろうが、どちらだってかまわない。同じようなものだ。いずれにしてもただの比喩《ひゆ》に過ぎない。私はなにしろこうして実物を手にしているのだ。その実物の中に現実に呑《の》み込まれてしまっているのだ。その上どうして比喩なんてものが必要とされるだろう？

私はできることなら手紙を書いて、自分が今置かれている状況をユズにこと細かに説明したかった。「なんとかこともなく暮らしています」みたいな漠然としたことは、私にはとても書けそうにない。それどころか、ことがありすぎるというのが偽らざる気持ちだった。でもここに暮らし始めてから、私の身のまわりで起こった一部始終について書き始めたら、間違いなく収拾がつかなくなるだろう。またなにより困った問題は、ここでいったい何が起こっているのかを、私自身うまく説明できない点にあった。少なくとも整合的で論理的な文脈では、とても「説明」なんてできない。

だから私はユズには手紙の返事を書かないことにした。いったん手紙を書くなら、起こったことをすべてそっくりそのまま（論理も整合性も無視して）書き連ねるか、まったく何も書かないか、どちらかしかない。そして私は何も書かないことの方を選んだ。たしかにある意味では、私は流されゆく氷山に取り残された孤独なシロクマなのだ。郵便ポストなんて見渡す限りどこにもない。シロクマには手紙の出しようもないではないか。

私はユズと出会って、交際し始めた頃のことをよく覚えている。

最初のデートで一緒に食事をして、そこでいろんな話をし、彼女は私に対して好意を抱いてくれたようだった。また会ってもいいと彼女は言った。私と彼女とのあいだには最初から理屈抜きで心の通じ合うところがあった。簡単にいえば相性がいいということなのだろう。

でも彼女と実際に恋人の関係になるまでにはしばらく時間がかかった。その当時のユズには、二年前から交際している相手がいたからだ。しかし彼女はその相手に、揺らぎない深い愛情を抱いているというわけではなかった。

「とてもハンサムな人なの。少しばかり退屈なところはあるけど、それはそれとして」と彼女は言った。

とてもハンサムだけど退屈な男……私の周囲にはそういうタイプの人間は一人もいなかったので、そんな人となりを頭で想像することができなかった。私に思い浮かべられるのは、とてもおいしそうに作られた味の足りない料理みたいなものだった。でもそんな料理を誰かが喜ぶものだろうか？

彼女は打ち明けるように言った。「私はね、昔からハンサムな人にとても弱いの。顔立ちのきれいな男の人を前にすると、理性みたいなのがうまく働かなくなってしまう。問題があるとわかっていても抵抗がきかない。どうしてもそういうのが治らないの。それが私のいちばんの弱点かもしれない」

「宿痾《しゅくあ》」と私は言った。

彼女は肯いた。「そうね、そういうことかもしれない。治しようもないろくでもない疾患。宿痾」

「いずれにせよ、それはぼくにとってあまり追い風になりそうもない情報だな」と私は言った。顔立ちの良さは残念ながら、私という人間の有力なセールスポイントにはなっていない。

彼女はあえてそれを否定はしなかった。ただ楽しそうに口を開けて笑っただけだった。彼女は私と一緒にいて、少なくとも退屈はしていないようだった。話ははずんだし、よく笑った。

だから私は我慢強く、彼女がそのハンサムな恋人とうまくいかなくなるのを待っていた（彼はただハンサムなばかりではなく、一流の大学を出て、一流の商社に勤めて高い給料をもらっていた。きっとユズの父親と気があったことだろう）。そのあいだ彼女といろんな話をし、いろんなところに行った。そして我々はお互いのことをよりよく理解するようになった。キスはしたし、抱き合うこともあったが、セックスはしなかった。複数の相手と同時に性的な関係を持つことを、彼女は好まなかったからだ。「そういうところでは、私はわりに古風なの」と彼女は言った。だから私には待つしかなかった。

そういう期間が半年ばかり続いたと思う。私にとってはかなり長い期間だった。何もかも投げ出したくなることもあった。でもなんとか耐えきることができた。彼女はきっとそのうちに自分のものになるという、それなりに強い確信があったからだ。

それからようやく、彼女はつきあっていたハンサムな男性と最終的に破局を迎えた（破局を迎えたのだと思う。彼女はその経緯については何ひとつ語らなかったから、私としてはただ推測するしかないわけだが）、あまりハンサムとはいえない、おまけに生活力にも乏しい私を恋人として選択してくれた。それから少しして、正式に結婚しようと我々は心を決めた。

彼女と最初に性交したときのことをよく覚えている。我々は地方の小さな温泉に行って、そこで記念すべき最初の夜を迎えた。すべてはとてもうまく運んだ。ほとんど完璧といってもいいくらいだった。あるいはそれはいささか完璧すぎたのかもしれない。彼女の肌は柔らかくて白く、滑らかだった。少しぬめりのある温泉の湯と、秋の初めの月光の白さも、その美しさや滑らかさに寄与していたのかもしれない。裸のユズの身体を抱き、初めてその中に入ると、彼女は私の耳元で小さな声をあげ、私の背中を細い指先で強く押さえた。そのときも秋の虫たちが賑《にぎ》やかに鳴いていた。涼しげな渓流の音も聞こえた。この女を手放すようなことは絶対にするまい、と、私はそのときに堅く心に誓った。それは私にとって、それまでの人生における最も輝かしい瞬間であったかもしれない。ユズをようやく自分のものにできたこと。

彼女の短い手紙を受け取ったあと、私はずいぶん長くユズのことを考えていた。最初に彼女と出会った当時のこと、最初に彼女と交わった秋の夜のこと。そしてユズに対する私の気持ちが、最初の頃から現在に至るまで、基本的には何ひとつ変わっていないこと。私は今だって彼女を手放したくはなかった。それははっきりしている。離婚届に署名捺印はしたけれど、そんなこととは関係なく。しかし私が何をどう思ったところで、彼女はいつの間にか私から離れていってしまったのだ。遠いところに——たぶんずいぶん遠くに。どれほど高性能の双眼鏡を使っても、その片鱗《へんりん》も見届けられないようなところに。

彼女はどこかで私の知らないあいだに、新しいハンサムな恋人を見つけたのだろう。そして例によって、理性みたいなのがうまく働かなくなってしまったのだ。彼女が私とセックスをすることを拒むようになったとき、私はそのことに気づくべきだった。彼女は同時に複数の相手とは性的な関係を持たない。少し考えればすぐにわかることなのに。

宿痾、と私は思った。治癒の見込みのないろくでもない病。理屈の通用しない体質的傾向。

その夜（雨の降る木曜日の夜だ）、私は長く暗い夢を見た。

私は宮城県の海岸沿いの小さな町で、白いスバル・フォレスターのハンドルを握っていた（それは今では私の所有する車になっていた）。私は古い黒い革ジャンパーを着て、YONEXのマークがついた黒いゴルフ・キャップをかぶっていた。私は背が高く、黒く日焼けし、白髪混じりの髪は短くごわごわしていた。つまり私が「白いスバル・フォレスターの男」だったのだ。私は妻とその情事の相手の男が乗っている小型車（赤いプジョー205）のあとを、ひそかに追っていった。海岸沿いの国道だ。そして二人が町外れの派手なラブホテルに入るのを見届けた。そして翌日、私は妻を追い詰め、その白く細い首をバスローブの紐《ひも》で絞めた。私は肉体労働に慣れた、腕力の強い男だった。そして渾身《こんしん》の力を込めて妻の首を絞めあげながら、何ごとかを大声で叫んでいた。自分が何を叫んでいるのか、自分でもよく聴き取れなかった。それは意味をなさない、純粋な怒りの叫びだった。これまで経験したことのない激しい怒りが、私の心と身体を支配していた。私は叫びながら宙に白い唾《つば》を飛ばしていた。妻は新しい空気を肺に入れようと必死に喘《あえ》ぎながら、もつれるのが見えた。妻のこめかみが細かく痙攣《けいれん》しているのが見えた。口の中で桃色の舌が丸まり、もつれるのが見えた。青い静脈があぶり出しの地図のように肌に浮き上がっていった。私は自分の汗のにおいを嗅《か》いだ。これまで嗅いだことのない不快なにおいが、私の身体からまるで温泉の湯気のように立ちのぼっていた。毛深い獣の体臭を思わせるにおいだ。

私を絵にするんじゃない、と私は自分自身に向かって命じていた。私は壁にかかった鏡の中の自分に向かって、激しく人差し指を突き立てていた。私をこれ以上絵にするんじゃない！

そこで私ははっと夢から覚めた。

そして私は自分がそのとき、あの海辺の町のラブホテルのベッドで、何をいちばん恐れていたのかに思い当たった。私は自分がその女（名前も知らない若い女）を最後の瞬間に本当に絞め殺してしまうのではないかと、心の底で恐れていたのだ。「ふりをするだけでいいの」と彼女は言った。しかしそれだけでは済まないかもしれなかった。ふりだけでは終わらないかもしれなかった。そしてそのふりだけでは終わらない要因は、私自身の中にあった。

ぼくもぼくのことが理解できればと思う。でもそれは簡単なことじゃない。

それは私が秋川まりえに向かって口にした言葉だった。私はタオルで身体の汗を拭《ふ》きながらそのことを思い出した。

金曜日の朝には雨は上がり、空はきれいに晴れあがっていた。私はうまく眠れなかった昨夜の気持ちの高ぶりを鎮《しず》めるために、昼前に一時間ばかり近所を散歩した。雑木林の中に入り、祠《ほこら》の裏手にまわって、久しぶりに穴の様子を点検してみた。十一月に入って、風が確実に冷ややかさを増していた。地面には湿った落ち葉が敷き詰められていた。穴はいつものとおり何枚かの板でしっかり塞がれていた。その板の上にも色とりどりの落ち葉が積もり、重しの石が並べられていた。しかしその石の並び方は、前に目にしたときとは少しばかり違っているような気がした。だいたいは同じなのだが、少しだけ配置が違っているみたいだ。

でもそのことをそれほど深く気にはしなかった。私と免色のほかには、ここまでわざわざ足を運ぶ人間はいないはずだ。蓋《ふた》を一枚だけ外して中を覗《のぞ》いてみたが、中には誰もいなかった。梯子《はしご》も前と同じように壁に立てかけてあった。その暗い石室はいつものように、私の足元に深く黙して存在し続けていた。私は穴にもう一度蓋を被《かぶ》せ、その上に元通りに石を並べた。

騎士団長がもう二週間近く私の前に姿を見せていないことも、とくに気にはしなかった。本人が言っていたように、イデアにもいろいろと用事があるのだ。時間や空間を超えた用事が。

そしてやがて次の日曜日がやってきた。その日にはいろんなことが起こった。それはとても慌《あわ》ただしい日曜日になった。

# 32

## 彼の専門的技能は大いに重宝された

我々が話をしていると、また別の男が近づいてきた。ワルシャワ出身のプロの画家だった。中背で鷲鼻《わしばな》で、青白い肌の顔に見事に真っ黒な口ひげをはやしていた。（中略）その特徴的な風貌《ふうぼう》は遠くからでもすぐに目についたし、彼の職業的地位が高いこと（収容所にあって彼の専門的技能は大いに重宝された）は実に明白だった。誰からも一目置かれていた。彼はしばしば私に、自分のやっている仕事について長々しく話をした。

「わたしはドイツ兵たちのために色彩画を描いている。肖像画なんかをな。連中は親《しん》戚《せき》やら奥さんやら、母親やら子どもたちやらの写真を持ってくる。誰もが肉親を描いた絵を欲しがるんだ。親衛隊員たちは、自分たちの家族のことを感情豊かに、愛情を込めてわたしに説明する。その目の色や髪の色なんかを。そしてわたしはぼやけた白黒の素人《しろうと》写真をもとに、彼らの家族の肖像画を描くのさ。でもな、誰がなんと言おうと、わたしが描きたいのはドイツ人たちの家族なんかじゃない。わたしは〈隔離病棟〉に積み上げられた子供たちを、白黒の絵にしたいんだ。やつらが殺戮《さつりく》した人々の肖像画を描き、それを自宅に持って帰らせ、壁に飾らせたいんだよ。ちくしょうどもめ！」

画家《アーティスト》はこのときとりわけひどく神経を高ぶらせた。

サムエル・ヴィレンベルク『トレブリンカの反乱』


（註）〈隔離病棟〉とはトレブリンカ強制収容所における処刑施設の別称。

〈第2部（上）に続く〉

この作品は平成二十九年二月、新潮社より刊行された。